JE NE PARLE PAS FRANÇAIS
E OUTROS CONTOS

Título original: *Je ne parle pas français*
copyright da tradução © Editora Lafonte Ltda. 2020
ISBN 978-65-86096-92-7

Todos os direitos reservados.
Nenhuma parte deste livro pode ser reproduzida por quaisquer
meios existentes sem autorização por escrito dos editores.

Direção Editorial *Ethel Santaella*

REALIZAÇÃO

GrandeUrsa Comunicação

Direção *Denise Gianoglio*
Tradução *Otavio Albano*
Revisão *Valéria Thomé*
Capa, Projeto Gráfico e Diagramação *Idée Arte e Comunicação*

Dados Internacionais de Catalogação na Publicação (CIP)
(Câmara Brasileira do Livro, SP, Brasil)

```
Mansfield, Katherine, 1888-1923
Je ne parle pas français e outros contos /
Katherine Mansfield ; tradução Otávio Albano. --
São Paulo : Lafonte, 2020.

Título original: Je ne parle pas français
ISBN 978-65-86096-92-7

1. Contos neozelandeses I. Título.

20-39995                                CDD-NZ823
```

Índices para catálogo sistemático:

1. Contos : Literatura neozelandesa   NZ823

Maria Alice Ferreira - Bibliotecária - CRB-8/7964

Editora Lafonte

Av. Profª Ida Kolb, 551, Casa Verde, CEP 02518-000, São Paulo-SP, Brasil – Tel.: (+55) 11 3855-2100
Atendimento ao leitor (+55) 11 3855-2216 / 11 3855-2213 – atendimento@editoralafonte.com.br
Venda de livros avulsos (+55) 11 3855-2216 – vendas@editoralafonte.com.br
Venda de livros no atacado (+55) 11 3855-2275 – atacado@escala.com.br

Katherine Mansfield

JE NE PARLE PAS FRANÇAIS
E OUTROS CONTOS

Tradução
Otavio Albano

Brasil, 2020

Lafonte

SUMÁRIO

JE NE PARLE PAS FRANÇAIS 7

A CRIADA 53

UMA FAMÍLIA IDEAL 61

SR. E SRA. WILLIAMS 73

CORAÇÃO FRACO 81

ENVIUVADA 87

COMO PEARL BUTTON FOI SEQUESTRADA 95

A VIAGEM PARA BRUGES 103

A MULHER NA LOJA 113

A JOVEM GOVERNANTA 131

REVELAÇÕES 157

A FUGA 167

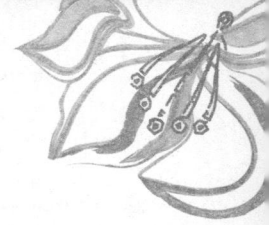

JE NE PARLE PAS FRANÇAIS[1]

Não sei por que gosto tanto desse pequeno café. Ele é sujo e triste, triste. Não há nada que o diferencie de uma centena de outros – não, não há; nem mesmo aqueles tipos estranhos habituais que vêm aqui todos os dias, a quem seria possível observar de um canto, reconhecer e, mais ou menos (com grande ênfase no menos), compreender.

Por favor, não imagine que esses parênteses são uma confissão de minha humildade perante o mistério da alma humana. De forma nenhuma; não acredito na alma humana. Nunca acreditei. Acredito que as pessoas são como valises. Abarrotadas de algumas coisas, começam a ir para algum lugar, são jogadas para todo lado, depois jogadas fora,

---

1 "Eu não falo francês", em francês. (N. do T.)

abandonadas, achadas e perdidas, esvaziadas pela metade repentinamente ou entulhadas como nunca, até que finalmente o Carregador Final as joga para o Último Trem e lá vão elas chacoalhando...

Não que essas valises não possam ser fascinantes. Ah, muito pelo contrário! Pois saiba que eu me vejo em pé diante delas, como um funcionário da alfândega.

"Algo a declarar? Algum vinho, aguardente, charutos, perfumes, sedas?"

O momento de hesitação, em que decido se serei enganado antes de deixá-las passar e, logo depois de autorizar sua passagem, o outro momento de hesitação, em que decido se fui efetivamente enganado ou não, são talvez os dois instantes mais emocionantes na vida. Sim, para mim são.

Mas antes de começar essa digressão longa, muito improvável e nem um pouco original, o que quis dizer era simplesmente que não há valises para se examinar aqui porque a clientela desse café, senhoras e senhores, não se senta. Não, os clientes ficam no balcão, em pé, um punhado de trabalhadores que sobe o rio, todos polvilhados com farinha branca, cal ou algo assim, e alguns soldados, com garotas morenas e magras a tiracolo, anéis de prata nas orelhas e cestas de compras no braço.

A proprietária é magra e morena também, com bochechas e mãos brancas. Dependendo da luz, ela parece quase transparente, destacando-se de seu xale preto com um efeito extraordinário. Quando ela não está servindo, senta-se em uma banqueta com o rosto sempre virado para a janela. Seus olhos repletos de olheiras escuras examinam e seguem os passantes, mas não como se ela estivesse à procura de alguém. Há quinze anos, talvez; mas agora sua postura tinha se tornado um hábito. Pode-se dizer, pela sua aparência de cansaço e desilusão, que ela desistiu de procurar há uns dez anos, pelo menos...

E também há o garçom. Nem um pouco bobo — decididamente nada engraçado. Sem nunca fazer uma daquelas observações perfeitamente insignificantes, que, vindas de um garçom, nos surpreendem (como se o pobre coitado fosse uma espécie de cruzamento entre um bule de café e uma garrafa de vinho e não pudesse conter nem uma gota além disso). Ele tem pé chato, é cinza e mirrado, com unhas longas e quebradiças, que põem seus nervos à flor da pele quando recolhem seus dois *sous*[2]. Quando não está esfregando a mesa ou dando um peteleco em alguma mosca morta, ele fica de pé, uma mão apoiada no encosto de uma cadeira, com seu avental longo demais, enquanto que, sobre seu outro braço, um guardanapo sujo dobrado em três espera para ser fotografado em conexão com algum assassinato odioso. "Interior do café onde o corpo foi encontrado". Você já o viu centenas de vezes.

Você acredita que todo lugar tem uma hora do dia que definitivamente ganha vida? Não é exatamente isso que quero

---

2 "Centavos" ou "tostões", em francês. (N. do T.)

dizer. Ficaria melhor assim: parece haver um momento em que você percebe, quase por acaso, que chegou ao palco no exato instante em que era esperado. Tudo está arrumado para você – esperando por você. Ah, o dono da situação. Você a preenche com um ar que realmente importa. E, ao mesmo tempo, você sorri em segredo, maliciosamente, porque a Vida parece não gostar de lhe oferecer essas entradas em cena, na verdade parece até mesmo comprometer-se a arrancá-las de você e torná-las impossíveis, deixando-o na coxia até ser tarde demais... Pelo menos desta vez você enganou a bruxa velha.

Eu usufruí de um desses momentos na primeira vez em que vim aqui. Imagino ser por isso que continuo voltando. Revisitando a cena do meu triunfo, ou a cena do crime, na qual agarrei de uma vez por todas a velha megera pela garganta e fiz o que quis com ela.

Pergunta: por que sinto tanto amargor pela Vida? E por que a vejo como uma catadora de papel de filmes americanos, arrastando-se por aí embrulhada em um xale imundo com suas garras velhas recurvadas em seu bastão?

Resposta: resultado direto do cinema americano agindo sobre uma mente fraca.

De qualquer forma, a "curta tarde de inverno se aproximava do fim", como dizem por aí, e eu perambulava, indeciso entre ir para casa e não ir para casa, quando me encontrei aqui, encaminhando-me até este lugar no canto.

Pendurei meu sobretudo inglês e o chapéu de feltro

cinza no gancho de sempre atrás de mim e, depois de ter dado tempo suficiente para que pelo menos vinte fotógrafos tivessem sua chance com o garçom, pedi um café.

Ele me serviu um copo da coisa arroxeada de sempre, coberta por uma trêmula aura verde, e afastou-se, enquanto eu, sentado, apertava minhas mãos contra o copo, porque estava extremamente frio lá fora.

De repente percebi que, completamente separado de mim mesmo, eu sorria. Lentamente, levantei a cabeça e me vi no espelho defronte. Sim, lá estava eu sentado, apoiado na mesa, sorrindo profunda e dissimuladamente, o copo de café com sua fugaz coluna de vapor diante de mim e, ao lado dele, a marca no pires branco com dois cubinhos de açúcar.

Arregalei os olhos. Era como se eu tivesse estado ali por toda a eternidade e agora, finalmente, ganhava vida...

O café estava muito silencioso. Do lado de fora, podia-se ver, através da penumbra, que começara a nevar. Viam-se também as formas sutis dos cavalos, carroças e pessoas, difusas e brancas, movendo-se através do ar tênue. O garçom desaparecia e reaparecia com uma quantidade de palha. Ele a espalhou no chão, da porta até o balcão e em volta do fogão com gestos humildes, quase reverentes. Ninguém ficaria surpreso se a porta se abrisse, e a Virgem Maria entrasse, montada em um burrico, as mãos tímidas sobre a grande barriga...

Muito agradável, você não acha, essa parte sobre a

Virgem? Ela sai da caneta de forma tão delicada; tem um efeito de *decrescendo*[3] tão forte. Foi o que pensei na hora e decidi tomar nota. Nunca se sabe quando uma notinha dessas pode ser útil para finalizar um parágrafo. Então, tomando cuidado para mover-me o mínimo possível para não quebrar o "encanto" (sabe como é?), estiquei-me até a mesa ao lado para pegar um bloco de anotações.

Nada de papéis nem envelopes, claro. Apenas um pedaço de papel mata-borrão rosa, incrivelmente macio e molenga, quase úmido, como a língua de um gatinho morto, o que eu nunca tateei.

Estava sentado, sempre abaixo de todos, em um estado de expectativa, rolando a língua do gatinho morto entre os dedos e rolando a frase delicada na mente enquanto meus olhos absorviam os nomes das garotas, e as piadas sujas, e os desenhos de garrafas e xícaras que não paravam nos pires, espalhados no bloco de anotações.

Elas são sempre as mesmas, sabia? As garotas sempre têm os mesmos nomes, as xícaras nunca param nos pires; todos os corações estão presos e amarrados com fitas.

Mas então, subitamente, no fim da página, escrito com tinta verde, deparei-me com aquela frasezinha estúpida, envelhecida: "*Je ne parle pas français*".

---

3   Expressão usada na música que significa diminuição da intensidade do som. No original está *"dying effect"*. A expressão *"decrescendo"* foi usada pelo personagem Duque Orsino, da obra de Shakespeare *Noite de Reis* (1601), para discutir música. Desde então, muitos autores de língua inglesa preferem parafrasear o bardo a usar a expressão italiana. (N. do T.)

Pronto! Havia chegado! O momento – o gesto! E, apesar de estar completamente pronto, ele me surpreendeu, me derrubou; fiquei simplesmente perplexo. E a sensação física era tão curiosa, tão especial. Era como se eu todo, à exceção da cabeça e dos braços, como se o "eu" que estava debaixo da mesa tivesse se dissolvido, derretido, virado água. Apenas minha cabeça e dois gravetos de braços permaneciam sobre a mesa. Ah, a agonia daquele momento! Como posso descrevê-lo? Não pensei em nada. Nem sequer gritei comigo mesmo. Por um único momento, eu não existia. Eu era agonia, agonia, agonia.

Então o momento passou e, no segundo seguinte, estava pensando: "Bom Deus! Sou capaz de sentir com tanta força assim? Mas eu estava completamente inconsciente! Não tinha uma frase para expressar tudo isso! Estava exausto! Fora arrebatado! Não tentei, nem minimamente, compreender!"

E eu me enchi e me enchi de orgulho, soltando por fim: "Afinal de contas devo ser de fina estirpe. Nenhuma mente inferior poderia ter sentido algo de forma tão... pura".

O garçom pegou uma faísca do fogão vermelho para acender um lampião sob a sombra que se espalhava. Não vale a pena ficar olhando pela janela, madame; já está muito escuro agora. Suas mãos brancas pairam sobre seu xale escuro. São como dois pássaros que voltaram para o poleiro. Estão inquietos, inquietos... Você os acolhe, finalmente, sob suas axilas pequenas e quentes.

O garçom pegou um longo bastão e fechou as cortinas com força. "Agora acabou", como dizem as crianças.

Além disso, não tenho paciência com pessoas que não conseguem se esquecer das coisas, que as perseguem e clamam por elas. Quando algo acaba, acaba. Está terminado e encerrado. Deixe pra lá, então! Esqueça e, se precisar de um consolo, console-se com a ideia de que nunca se recupera o mesmo que foi perdido. É sempre algo novo. No instante em que algo o abandona, a mudança já ocorreu. Ora, isso é verdade até mesmo para um chapéu atrás do qual você corre; e não estou falando superficialmente – me refiro a um estado mais profundo... Tenho como regra de vida nunca me arrepender nem olhar para trás. Arrependimento é uma perda horrenda de tempo, e ninguém que pretende ser um escritor pode dar-se ao luxo de entregar-se a ele. Você não pode moldá-lo; não pode basear-se nele; ele só serve para se mortificar. Obviamente, olhar para o passado é igualmente fatal para a arte. É o que o mantém pobre. A arte não pode tolerar a pobreza e nunca a tolerará.

Je ne parle pas français. Je ne parle pas français. Enquanto escrevo esta última página, meu outro "eu" tem vagado para todo lado no escuro lá fora. Ele me deixou assim que comecei a analisar meu grande momento, saiu correndo distraído, como um cão perdido, que finalmente, finalmente acredita ouvir passos conhecidos de novo.

"Mouse! Mouse! Onde está você? Está aqui perto? É você que se apoia na janela alta, esticando os braços para alcançar o comando das persianas? É você essa sombra débil movendo-se em minha direção através da neve fofa? É você essa menina empurrando as portas vaivém do restaurante? Aquela é a sua sombra escura inclinando-se sobre o táxi? Onde está você? Onde está você? Para que lado devo ir? Para onde devo correr? E a cada momento que eu fico aqui hesitante você se distancia mais. Mouse! Mouse!"

Agora o coitado do cachorro voltou para o café, o rabo entre as pernas, bastante exausto.

"Foi... alarme... falso. Ela não está... em lugar... nenhum."

"Então deite-se! Deite-se! Deite-se!"

Meu nome é Raoul Duquette. Tenho vinte e seis anos e sou parisiense, um parisiense de verdade. Quanto à minha família... isso não importa realmente. Não tenho família; não quero nenhuma. Nunca penso sobre a minha infância. Esqueci-me dela.

Na verdade, apenas uma memória permanece. O que é bastante interessante porque agora ela me parece algo tão significativo a meu respeito do ponto de vista literário. Tudo se passa assim.

Quando tinha por volta de dez anos, nossa lavadeira era uma mulher africana, muito robusta, muito escura, com um lenço xadrez sobre os cabelos crespos. Quando ela vinha a nossa casa, sempre demonstrava uma atenção especial por mim e, depois de tirar as roupas do cesto, colocava-me dentro dele, balançando-me no alto enquanto eu me agarrava às alças, gritando de medo e de prazer. Eu era pequeno para a minha idade, pálido e com uma adorável boquinha entreaberta – disso, tenho certeza.

Um dia, quando estava em pé ao lado da porta, vendo-a partir, ela virou-se e acenou para mim, balançando a cabeça e sorrindo, de uma maneira estranha, misteriosa. Não pensei nem por um instante em não segui-la.

Ela me levou até um quartinho no final da viela, segurou-me em seus braços e começou a me beijar. Ah, que beijos! Em especial os beijos nas minhas orelhas, que quase me ensurdeciam.

Quando ela me colocou no chão, tirou do bolso um bolinho frito coberto com açúcar, e eu fui cambaleando da viela até a porta de casa.

Como essa cena se repetia toda semana, não é nenhuma surpresa que me lembre dela tão claramente. Além disso, desde aquela primeira tarde, minha infância foi "levada em beijos", por assim dizer. Tornei-me muito lânguido, muito carinhoso e extremamente insaciável. E tão estimulado, tão aguçado, parecia entender todo mundo e ser capaz de fazer o que quisesse com qualquer um.

Acredito que estava em um estado de excitação física, o que lhes interessava. Já que os parisienses são mais da metade – ah, bem, chega disso. E já é o suficiente sobre a minha infância também. Enterre-a sob uma cesta de roupas sujas em lugar de uma chuva de rosas e *passons oultre*[4].

---

4 Em francês antigo, literalmente "passemos por cima". A grafia atual é *passons outre*. (N. do T.)

Começo a contar minha vida a partir do momento em que me tornei o inquilino de um pequeno apartamento no quinto andar de um prédio alto, não muito desleixado, em uma rua que poderia ou não ser discreta. O que era muito útil... Ali eu surgi, revelei-me e mostrei minhas garras, com um escritório, um quarto e uma cozinha nas costas. E mobília de verdade nos cômodos. No quarto, um armário com um espelho alto, uma grande cama coberta com uma volumosa colcha amarela, uma mesa de cabeceira com tampo de mármore e itens de toalete decorados com maçãzinhas. No meu escritório, escrivaninha inglesa com gavetas, cadeira almofadada de couro, livros, poltrona, mesinha lateral com um abridor de cartas e um abajur e alguns estudos de nus nas paredes. Só usava a cozinha para jogar fora papéis velhos.

Ah, posso até me ver naquela primeira noite – depois que os carregadores se foram e consegui me livrar da velha e horrorosa zeladora – andando nas pontas dos pés, arrumando o espelho e olhando para meu reflexo com as mãos nos bolsos, dizendo para aquela visão radiante: "Sou um jovem rapaz com apartamento próprio. Escrevo para dois jornais. Estou adentrando a literatura de verdade. Estou começando uma carreira. O livro que devo lançar simplesmente arrebatará os críticos. Vou escrever sobre coisas nunca antes mencionadas. Vou fazer meu nome como um escritor sobre o mundo submerso. Mas não como os outros que vieram antes de mim. Ah, não! Muito ingenuamente, com uma espécie de humor delicado e visceral, como se tudo fosse muito simples, muito natural. Vejo minha trajetória perfeitamente. Ninguém nunca fez o que farei porque nenhum dos outros viveu minhas experiências. Sou rico – sou rico."

Mesmo assim não tinha mais dinheiro do que tenho agora. É extraordinário como se pode viver sem dinheiro... Tenho um pouco de roupas boas, roupas de baixo de seda, dois ternos para a noite, quatro pares de botas de couro envernizado com cabedal claro e toda a sorte de pequenas coisas, como luvas, frascos de talco, conjunto de manicure, perfumes e sabonetes de ótima qualidade e não pago nada por isso.

Se me vejo precisando de dinheiro em espécie... Bom, sempre há uma lavadeira africana e um quartinho, e sou muito franco e *bon enfant*[5] para pedir bastante açúcar sobre o bolinho frito depois...

E agora gostaria de registrar algo. Não para me gabar, mas simplesmente por uma leve sensação de fascinação. Até hoje nunca tomei a iniciativa com mulher nenhuma. Não que eu tenha conhecido apenas uma classe de mulheres – de jeito nenhum. Desde prostitutazinhas, mulheres sustentadas pelos amantes, velhas viúvas, balconistas e esposas de senhores respeitáveis a até mesmo as damas modernas e avançadas da literatura nos mais seletos jantares e *soirées* (sim, já os frequentei): invariavelmente as encontrei não apenas com a mesma disposição mas também com a mesma

---

5 "Criança obediente", em francês. (N. do T.)

solicitude. O que me surpreendeu a princípio. Costumava olhar do outro lado da mesa e pensar: "Essa distinta dama, discutindo *le Kipling*[6] com o cavalheiro de barba castanha, está realmente roçando meu pé?" E nunca tinha certeza até roçar o pé dela de volta.

Curioso, não é? Não pareço nem um pouco com o sonho de uma donzela...

Sou pequeno e magro com a pele cor de oliva, olhos negros com longos cílios, cabelos negros, curtos e sedosos, e dentinhos quadrados, que aparecem quando sorrio. Minhas mãos são flexíveis e pequenas. Certa vez, uma mulher em uma padaria disse-me: "Você tem mãos perfeitas para a confeitaria". Confesso que, sem nenhuma roupa, tenho um certo encanto. Roliço, quase como uma garota, e com ombros macios, uso um fino bracelete de ouro acima do cotovelo esquerdo.

Mas um momento! Não é estranho escrever tudo isso sobre meu corpo e tudo mais? Esse é o resultado da minha má vida, minha vida no mundo submerso. Sou como uma mulherzinha em um café, que tem de se apresentar com uma porção de fotografias. "Eu de camisola, saindo da casca do ovo... Eu de ponta-cabeça no balanço, cheia de babados como uma couve-flor..." Você sabe do que estou falando.

Se você acha que o que tenho escrito até aqui é meramente superficial, insolente e medíocre, está enganado.

---

6 Joseph Kipling (1865-1936) foi um autor e poeta britânico. (N. do T.)

Admito que soa como tal, mas na verdade não é bem assim. Se fosse, como poderia me sentir daquela forma quando li a frasezinha envelhecida em tinta verde, no bloco de anotações? Isso prova que há mais em mim e que eu sou realmente importante, não é? Poderia ter fingido qualquer coisa minimamente menor que aquele momento de angústia. Mas não! Aquilo foi real.

"Garçom, um uísque."

Detesto uísque. Sempre que coloco um pouco na minha boca, meu estômago se revolta, e o que eles têm guardado aqui é, com certeza, particularmente detestável. Só pedi um porque vou escrever sobre um inglês. Nós, franceses, ainda somos incrivelmente antiquados e desatualizados em certos aspectos. Pergunto-me se não deveria pedir também um par de calças curtas de lã, um cachimbo, dentes grandes e costeletas ruivas.

"Obrigado, *mon vieux*[7]. Você não teria por acaso um par de costeletas ruivas?"

"Não, *monsieur*", responde ele com pesar. "Não vendemos bebidas americanas[8]."

E, tendo passado o pano em um canto da mesa, ele retorna para mais duas dúzias de fotografias sob a luz artificial.

---

7 "Meu velho", em francês. (N. do T.)

8 A resposta do garçom deve-se ao trocadilho entre as palavras "uísque" e "costeletas" em inglês, respectivamente *whisky* e *whiskers*. (N. do T.)

Ugh! Esse cheiro do uísque! E a sensação doentia quando a garganta se contrai.

"Que coisa ruim para se embebedar", diz Dick Harmon, girando seu copo nos dedos e dando seu sorriso lânguido e sonhador. Então, embriaga-se com o uísque de forma lenta e sonhadora e, em certo momento, começa a cantar muito devagar, muito devagar, sobre um homem que anda para todo lado procurando um lugar para jantar.

Ah! como eu gostava daquela canção e como adorava a forma como ele a cantava, lentamente, lentamente, com uma voz suave e sombria:

"Havia um homem
Andando para todo lado
Buscando um jantar na cidade..."[9]

Ela parecia conter, na sua gravidade e no timbre abafado, todos aqueles prédios cinza, aquele nevoeiro, aquelas ruas sem fim, aquelas nítidas sombras de policiais que representam a Inglaterra.

E então – o tema! A criatura faminta e magra andando para todo lado, com todas as casas fechadas para ele porque não tinha um "lar". Quão extraordinariamente inglês é isso... Lembro-me de que a canção acabava quando ele finalmente

---

9 *"There was a man | Walked up and down| To get a dinner in the town...",* no original. (N. do T.)

"encontra um lugar" e pede um bolinho de peixe, mas, quando demanda um pedaço de pão, o garçom fala com desdém, em voz alta: "Não servimos pão com apenas um bolinho de peixe".

O que mais você quer? Como essas canções são profundas! Há toda a psicologia de um povo; e como é diferente do francês – tão não francês!

"De novo, Dick, de novo!" Eu implorava, apertando as mãos e fazendo beicinho para ele. Ele se contentaria em cantá-la eternamente.

De novo. Até mesmo Dick.

Foi ele quem tomou a iniciativa.

Eu o conheci em uma festa noturna dada pelo editor de uma revista nova. Era um evento muito seleto, muito elegante. Um ou dois dos homens mais velhos estavam lá, e as damas eram exatamente *comme il faut*[10]. Elas sentavam-se, com vestidos de noite, em sofás cubistas e deixavam-nos oferecer-lhes golinhos de licor de cereja e conversar sobre a poesia delas. Afinal, até onde me lembro, eram todas poetisas.

Era impossível não notar Dick. Ele era o único inglês presente e, em vez de circular graciosamente por toda a sala como nós fazíamos, ficava em um único lugar apoiado na parede, as mãos nos bolsos e o sorrisinho sonhador nos lábios, respondendo para qualquer um que falasse com ele com um francês impecável e uma voz baixa e suave.

---

10 "Como é devido", em francês. (N. do T.)

"Quem é ele?"

"Um inglês. De Londres. Um escritor. Ele está elaborando uma pesquisa singular sobre literatura francesa moderna."

Era o suficiente para mim. Meu livrinho, *Moedas Falsas*, acabara de ser publicado. Eu era um jovem escritor sério que estava elaborando uma pesquisa singular sobre literatura inglesa moderna.

Mas eu nem tive tempo de lançar minha isca antes que ele falasse, balançando-se suavemente, como se tivesse acabado de sair da água para abocanhá-la: "Você não gostaria de vir me ver no meu hotel? Venha por volta das cinco horas para que possamos conversar antes de sair para o jantar".

"Com muito prazer!"

Fiquei tão profundamente, profundamente lisonjeado que tive de deixá-lo no mesmo instante para exibir-me e exibir-me diante dos sofás cubistas. Que captura! Um inglês, reservado, sério fazendo uma pesquisa singular sobre literatura francesa...

Na mesma noite, uma cópia de *Moedas Falsas* com uma dedicatória cuidadosamente amigável foi enviada e, um dia ou dois depois, jantamos juntos e passamos a noite conversando.

Conversando, mas não apenas sobre literatura. Eu descobri, para meu alívio, que não precisaria aderir à tendência do romance moderno, à necessidade de uma nova forma ou à razão por que nossos jovens pareciam perdê-la. De vez em quando, como que por acaso, eu jogava uma carta que não se assemelhava em nada com o jogo, só para ver como ele a receberia. Mas, a cada vez, ele a segurava nas mãos sem alterar o olhar e o sorriso sonhador. Talvez ele murmurasse: "Isso é muito curioso". Sem que o fosse realmente.

Aquela aceitação tranquila finalmente me conquistou. Fascinou-me. Conduziu-me até eu jogar todas as cartas que possuía, reclinar-me e observá-lo arrumando-as em suas mãos.

"Muito curioso e interessante..."

A essa altura estávamos ambos bastante bêbados, e ele começou a cantar sua canção sobre o homem que andava para todo lado procurando por seu jantar, muito suavemente, muito devagarinho.

Mas eu estava completamente sem fôlego com o que tinha feito. Havia mostrado ambos os lados da minha vida para alguém. Contei-lhe tudo com absolutamente toda a sinceridade e verdade. Esforcei-me imensamente para explicar as coisas da minha vida submersa que são realmente repugnantes e que nunca poderiam subir à superfície literária. No geral, pintei um quadro muito mais horrendo daquilo que eu era — mais presunçoso, mais cínico, mais calculista.

E, sentado, ali estava o homem para quem contei meus segredos, cantando para si e sorrindo... Aquilo me emocionou de tal maneira que lágrimas de verdade surgiram nos meus olhos. Pude vê-las brilhando nos meus longos cílios — tão encantadores.

Depois disso, comecei a levar Dick comigo por toda

parte, e ele veio até meu apartamento e sentou-se na minha poltrona, muito indolente, brincando com o abridor de cartas. Não consigo entender por que sua indolência e seu ar sonhador me davam a impressão de que ele já estivera em alto-mar. E seus modos vagarosos e sem pressa pareciam conter o movimento do navio. Essa sensação era tão forte que, sempre que estávamos juntos e ele se levantava deixando para trás alguma mulherzinha, sem que ela esperasse – muito pelo contrário –, eu esclarecia: "Ele não consegue evitar. Tem que voltar para o seu navio". E eu acreditava nisso muito mais do que ela.

Enquanto estávamos juntos, Dick nunca saía com uma mulher. Às vezes, eu me perguntava se ele não era completamente inocente. Por que não perguntar para ele? Porque nunca perguntei nada sobre ele. Mas uma vez, tarde da noite, ele tirou do bolso sua carteira e deixou cair uma foto. Eu a peguei e dei uma olhada nela antes de devolvê-la. Era a foto de uma mulher. Não muito jovem. Morena, impressionante, com uma aparência rústica e traços tão carregados de um certo orgulho abatido que, mesmo que Dick não tivesse tirado a foto de minhas mãos tão rápido, eu não continuaria a olhar.

"Saia da minha frente, seu cachorrinho francês perfumado", disse ela.

(Nos meus piores momentos, meu nariz lembra o de um Fox Terrier.)

"Essa é a minha mãe", disse Dick mostrando a carteira.

Se não fosse Dick, teria me sentido tentado a fazer o sinal da cruz, só por diversão.

Foi assim que nos separamos. Uma noite, em pé em frente ao hotel dele, esperando que o porteiro destrancasse a porta de entrada, ele disse olhando para o céu: "Espero que amanhã faça tempo bom. Parto para a Inglaterra pela manhã".

"Você não fala sério."

"Completamente. Devo voltar. Tenho alguns trabalhos que não consigo fazer aqui."

"Mas... mas você já fez todos os preparativos?"

"Preparativos?" Ele quase sorriu. "Não tenho nenhum a fazer."

"Mas, *enfin*, Dick, a Inglaterra não é exatamente do outro lado da avenida."

"Não é tão mais longe", disse ele. "Apenas algumas horas." A porta rangeu ao se abrir.

"Ah, gostaria que tivesse me dito no começo da noite!"

Senti-me magoado. Como uma mulher deve se sentir quando um homem tira o relógio do bolso e lembra-se de um compromisso que não lhe diz respeito, exceto pelo fato de que é mais importante que ela. "Por que não me disse?"

Ele estendeu a mão e ficou em pé, balançando levemente sobre o degrau, como se todo o hotel fosse seu navio e a âncora tivesse sido levantada.

"Esqueci. De verdade. Mas você vai me escrever, não

vai? Boa noite, velho amigo. Estarei de volta qualquer dia desses."

Encontrei-me, então, sozinho no cais, mais parecido com um Fox Terrier...

"Mas foi você que assobiou para mim, quem me pediu para vir! Que espetáculo que eu fiz abanando meu rabinho e saltitando ao redor de você, para depois ser abandonado assim enquanto o barco parte lentamente, como em um sonho... Malditos ingleses! Não, isso já é ser insolente demais. Quem você acha que eu sou? Um guiazinho contratado para mostrar os prazeres noturnos de Paris? Não, *monsieur.* Sou um jovem escritor, muito sério e extremamente interessado na literatura inglesa moderna. E fui insultado – insultado."

Dois dias depois chegou uma longa e encantadora carta dele, escrita em um francês um pouco exagerado, mas dizendo-me o quanto sentia minha falta, que contava manter nossa amizade e o contato.

Li a carta em frente ao espelho do guarda-roupa (pelo qual não paguei). Era o começo da manhã. Eu vestia um quimono azul bordado com pássaros brancos e ainda tinha os cabelos úmidos sobre minha testa, molhada e brilhante.

"Retrato de Madame Butterfly", disse eu, "ao saber da chegada de *ce cher Pinkerton*[11]."

....

11 "Esse caro Pinkerton", em francês. O trecho refere-se ao par romântico Cio-Cio-san (Madame Butterfly) e tenente Pinkerton, protagonistas da ópera *Madame Butterfly.* (N. do T.)

De acordo com os livros, eu deveria me sentir imensamente aliviado e encantado. "...Dirigindo-se à janela, ele afastou as cortinas e olhou para as árvores de Paris, cujos botões e folhas começavam a despontar... Dick! Dick! Meu amigo inglês!"

Mas não. Só me sentia um pouco doente. Tinha acabado de sair da minha primeira viagem em um aeroplano, não queria subir novamente, ainda não.

Meses depois, no inverno, Dick escreveu dizendo que voltava a Paris para ficar indefinidamente. Poderia reservar-lhe dois quartos? Ele traria uma amiga consigo.

Claro que poderia. Lá se foi o pequeno Fox Terrier, voando. Também era algo que viria a calhar, já que eu devia bastante dinheiro no hotel onde fazia minhas refeições, e dois ingleses precisando de quartos por um tempo indeterminado era um excelente adiantamento.

Talvez, enquanto me encontrava com a proprietária no maior dos dois quartos dizendo "admirável", eu tivesse imaginado como seria a tal amiga, mas muito rapidamente. Ou ela seria muito austera, totalmente sem curvas, ou seria alta, atraente, vestida de verde-claro, com o nome de Daisy e um perfume levemente adocicado de água de lavanda.

Veja bem, neste momento, de acordo com a minha regra de não olhar para trás, eu havia praticamente esquecido Dick. Até mesmo tinha errado a melodia de sua canção sobre o homem infeliz quando tentei murmurá-la...

Por fim, quase deixei de ir à estação. Tinha tudo arranjado e, na verdade, até me vestira com muito cuidado para a ocasião. Pretendia agir de forma completamente diferente com Dick desta vez. Chega de segredos e lágrimas nos cílios. Não, obrigado!

"Desde que você deixou Paris", disse eu, fazendo o nó na minha gravata preta com bolinhas prateadas em frente ao espelho sobre a lareira (pelo qual também não paguei), "tenho tido muito sucesso, sabia? Estou preparando mais dois livros e também escrevi uma história em capítulos, *Portas Erradas*, que está prestes a ser publicada e me trará muito dinheiro. Além disso, meu livrinho de poemas", exclamei, pegando a escova para limpar a gola de veludo do meu sobretudo azul-marinho novo, "meu livrinho, *Guarda-Chuvas Abandonados*, realmente gerou", e eu ria, balançando a escova, "uma imensa comoção!"

Era impossível não acreditar nisso vindo da pessoa que ele olhava por inteiro, da cabeça aos pés, colocando as macias luvas cinza. Estava vestido para o papel; o papel era dele.

Isso me deu uma ideia. Peguei meu caderno e, ainda olhando-me por inteiro, escrevi uma ou duas coisinhas... Como alguém pode estar vestido para um papel e não ter o papel? Ou ter o papel sem vestir-se como ele? Parecer não é ser? Ou ser, parecer? De qualquer forma quem pode dizer o contrário?...

Isso me soou extraordinariamente profundo à época, além de inédito. Mas confesso que algo me sussurrava enquanto eu, sorrindo, largava o caderno: "Você? Literário?

Parece ter acabado de apostar nos cavalos, isso sim!" Mas não ouvi. Saí de casa, fechando a porta do apartamento com um puxão rápido e suave, para não alertar a zeladora da minha partida e, pelo mesmo motivo, corri escadas abaixo como um coelho.

Mas ah! a velha aranha. Ela era rápida demais para mim. Deixou-me correr até a última fileira da teia e então atacou. "Um momento. Um momentinho, *monsieur*", murmurou, odiosamente sigilosa. "Venha. Venha." Acenou com uma concha de sopa pingando. Fui até a porta, mas isso não era bom o bastante para ela. Pôs-me para dentro e trancou a porta antes de começar a falar.

Há duas formas de lidar com a sua zeladora quando você não tem dinheiro. Uma, torne-se um opressor, faça dela sua inimiga, urre, recuse-se a discutir qualquer coisa; a outra, acanhe-se diante dela, seja um exímio bajulador, a ponto de elogiar os nós do trapo preto que ela leva amarrado ao queixo, finja contar-lhe segredos e conte com ela para conversar com o homem do gás e o senhorio para postergar o pagamento.

Tentei a segunda. Mas ambas são igualmente detestáveis e malsucedidas. De qualquer maneira, o que você tentar será pior, impossível.

Dessa vez, era o senhorio... A zeladora imitando o senhorio, ameaçando me despejar... A zeladora imitando a zeladora tentando domar a fera... Imitação do senhorio descontrolado mais uma vez, resfolegando no rosto da zeladora. Eu era a zeladora. Não, seria repugnante demais. Enquanto isso, a panela escurecida no bico do gás borbulhava, ensopando os corações e fígados de cada inquilino do lugar.

"Ah!", gritei, olhando para o relógio acima da lareira e, ao perceber que ele estava parado, bati na testa como se a ideia que me acometera não tivesse nada a ver com aquilo. "Senhora, tenho um encontro muito importante com o diretor do jornal às nove e meia. Talvez amanhã eu já possa lhe dar..."

Para fora, para fora. Metrô abaixo, espremido em um vagão lotado. Quanto mais, melhor. Cada pessoa era um obstáculo a mais entre a zeladora e eu. Estava radiante.

"Ah! perdão, *monsieur!*", disse a alta e encantadora criatura de preto com busto volumoso, de onde surgia um grande buquê de violetas. Com o chacoalhar do trem, as flores eram lançadas direto nos meus olhos. "Ah! perdão, *monsieur!*"

Olhei para ela, sorrindo maliciosamente.

"Não há nada que ame mais, madame, que flores em um balcão."

No instante em que falava, percebi o imenso homem com casaco de peles em quem minha sedutora se apoiava. Ele esticou a cabeça por cima do ombro dela e empalideceu até o nariz; na verdade, seu nariz se parecia mais com algum tipo de queijo verde.

"O que você disse para a minha esposa?"

A estação Saint Lazare me salvou. Mas você deve admitir que não era tão fácil continuar o caminho de forma triunfante, nem mesmo para o autor de *Moedas Falsas, Portas*

Erradas, Guarda-Chuvas Abandonados e de mais dois livros sendo preparados.

Por fim, depois que incontáveis trens fumegaram na minha mente e que incontáveis Dick Harmons lançaram-se na minha direção, o trem verdadeiro chegou. O amontoado de nós esperando atrás da barreira aproximou-se, esticou-se para a frente e irrompeu em gritos, como se fosse alguma espécie de monstro de várias cabeças, com Paris lá atrás, apenas uma grande armadilha que armamos para agarrar os inocentes sonolentos.

E eles andavam em direção à armadilha, eram capturados e levados para ser devorados. Onde estava a minha presa?

"Por Deus!" Meu sorriso e minha mão levantada caíram ao mesmo tempo. Por um instante terrível, pensei que aquilo era a mulher da fotografia, a mãe de Dick, caminhando em minha direção com o chapéu e o casaco dele. No esforço para sorrir – e você percebia quão grande era o esforço –, seus lábios se curvaram da mesma forma e ele veio até mim, esgotado, agitado e orgulhoso.

O que acontecera? O que poderia tê-lo mudado assim? Deveria falar alguma coisa?

Aguardei e percebi que até me aventurara a uma abanadinha ou duas do velho Fox Terrier para ver se ele reagia, quando disse: "Boa noite, Dick! Como está você, velho amigo? Tudo bem?"

"Tudo bem. Tudo bem", disse, quase ofegante. "Conseguiu os quartos?"

Vinte vezes por Deus! Vi tudo. A luz refletiu-se nas águas escuras, e o meu marinheiro não se afogara. Quase dei uma cambalhota de prazer.

Era nervoso, claro. Era vergonha. Era a famosa seriedade dos ingleses. Iria me divertir tanto! Poderia tê-lo abraçado.

"Sim, consegui os quartos", quase gritei. "Mas onde está a senhora?"

"Está cuidando da bagagem", ofegou. "Aí vem ela."

Não poderia ser essa garotinha ao lado do velho carregador, que parecia ser a babá dela, que acabara de tirar do horroroso carrinho para colocar a bagagem no seu lugar.

"E ela não é uma senhora", disse Dick, subitamente arrastando as palavras.

Nesse instante, ela viu-o e acenou-lhe com o minúsculo regalo[12]. Afastou-se de sua "babá", correu e disse algo em inglês, muito rápido; mas ele respondeu em francês: "Ah, tudo bem. Eu dou um jeito".

Mas, antes de ele se virar para o carregador, mostrou-me com um aceno hesitante e murmurou algo. Fomos apresentados. Como é típico das mulheres inglesas, ela estendeu-me a mão como um menino e, muito ereta na minha frente, com o queixo levantado e fazendo um grande esforço – ela também –, o esforço de toda uma vida para controlar sua animação

---

12   Um regalo (*muff*, no original) é um acessório para agasalhar as mãos, raramente usado no Brasil. Trata-se de um cilindro de pele ou tecido com as extremidades abertas para enfiar as mãos. (N. do T.)

irracional, disse apertando a minha mão (tenho certeza de que sequer sabia que era minha): *"Je ne parle pas Français"*.

"Tenho certeza que fala", respondi, tão carinhoso, tão reconfortante que passaria por um dentista prestes a arrancar seu primeiro dente de leite.

"Claro que fala." Dick voltou-se novamente para nós. "Escute, podemos pegar um táxi ou algo do gênero? Não queremos ficar nessa maldita estação a noite toda, queremos?"

Fora tão rude que levei um instante para recobrar-me; ele deve ter notado, já que passou o braço ao redor do meu ombro, como fazia antes, dizendo: "Ah, perdão, velho amigo. Mas fizemos uma viagem tão hedionda, tão horrível. Levamos anos para chegar. Não é?", perguntou a ela. Mas ela não respondeu. Baixou a cabeça e começou a esfregar seu regalo cinza; caminhou ao nosso lado esfregando o regalo cinza durante todo o caminho.

"Fiz algo errado?", pensei. "Ou é só um caso de extrema impaciência por parte deles? Estariam apenas 'precisando de cama', como se costuma dizer? Sofreram algum tipo de aflição durante a viagem? Talvez, sentados próximos demais sob a mesma manta de viagem?" E assim por diante, enquanto o chofer amarrava sua bagagem. Isso feito...

"Veja bem, Dick. Vou para casa de metrô. Aqui está o endereço do hotel. Já está tudo arranjado. Venha me ver assim que puder."

Juro que pensei que ele fosse desmaiar. Chegou a ficar com os lábios esbranquiçados.

"Mas você não vai voltar conosco?", ele exclamou. "Pensei que estava tudo certo. Claro que você vem conosco. Não vai nos abandonar." Não, desisti. Era difícil demais, inglês demais para mim.

"Certamente, certamente. Com prazer. Apenas pensei que talvez..."

"Você tem que vir!", disse Dick ao pequeno Fox Terrier. E, novamente, voltou-se para ela com um jeito embaraçoso.

"Entre, Mouse."

E Mouse entrou no buraco negro e sentou-se alisando Mouse II, sem dizer uma palavra.

E aos solavancos avançamos, como três dados que a vida decidira lançar.

Insistira em sentar-me no banco oposto ao deles, porque não perderia por nada os ocasionais olhares que via de relance quando passávamos pelos halos de luz branca dos postes.

Os olhares revelavam Dick, sentado isolado no seu canto, a gola do casaco levantada, as mãos enfiadas nos bolsos, e o largo chapéu escuro projetando-lhe uma sombra que parecia ser parte dele – uma espécie de asa sob a qual ele se escondia. Também a revelavam, sentada muito direita, o adorável rostinho mais parecido com um desenho do que um rosto de verdade – cada traço tão cheio de significado e tão bem desenhado contra a escuridão flutuante.

Pois Mouse era bonita. Era primorosa, mas tão frágil e delicada que toda vez que olhava para ela era como se fosse a primeira. Você se deparava com ela da mesma forma que o faria se, bebendo chá em uma xícara fina e frágil, subitamente, visse uma criaturazinha no fundo, metade borboleta, metade mulher, curvando-se para você com as mãos escondidas nas mangas.

Até onde pude perceber, ela tinha cabelos escuros e olhos azuis ou pretos. Seus longos cílios e os dois tracinhos desenhados logo acima eram muito significativos.

Ela vestia uma longa capa escura, como as que se vê nos antigos retratos de inglesas no exterior. Onde os braços estavam à mostra, notava-se que o interior era de pele cinzenta – como ao redor do pescoço; além de sua boina apertada, também de pele.

"Levando a cabo a ideia do rato[13]", concluí.

Ah, como era curioso – tão curioso! O entusiasmo deles aproximava-se cada vez mais de mim, e eu ia ao seu encontro, mergulhava nele, lançava-me muito além dos meus limites, até que, como eles, mal podia me controlar.

Mas o que eu queria fazer era comportar-me da forma mais extraordinária – como um palhaço. Queria começar a cantar, fazendo gestos amplos e extravagantes, apontar para a janela e gritar: "Agora estamos passando, damas e cavalheiros, por um dos locais que fazem a merecida fama de *notre*[14] Paris". Queria saltar do táxi em movimento, subir no teto do carro e entrar pela porta do outro lado; pendurar-me pela janela e

13 Aqui a autora faz alusão ao apelido da personagem, "Mouse", rato em inglês. (N. do T.)

14 "Nosso (a)", em francês. (N. do T.)

procurar pelo hotel olhando pelo lado errado de um telescópio quebrado, que viria a ser também um trompete ensurdecedor muito peculiar.

Acredite-me, não só me via fazendo tudo isso como também conseguia aplaudir discretamente juntando suavemente as mãos cobertas por luvas, enquanto dizia para Mouse: "É sua primeira visita a Paris?"

"Sim, nunca havia estado aqui antes."

"Ah, então você tem muito para ver."

E ia começar a mencionar muito calmamente os pontos de interesse e os museus quando paramos bruscamente.

Você sabia – que absurdo – que enquanto eu lhes abria a porta e subia as escadas até a recepção senti, de alguma forma, como se o hotel fosse meu?

Havia um vaso de flores no parapeito da janela da recepção e cheguei até mesmo a ajeitar um ou dois botões e afastar-me para ver o resultado, enquanto a gerente os recebia. E, quando ela se virou para mim, entregou-me as chaves (o mensageiro estava subindo a bagagem) e disse "*monsieur* Duquette irá mostrar-lhes seus quartos", tive vontade de cutucar o braço do Dick com a chave e dizer-lhe, muito discretamente: "Veja bem, meu camarada. Como é meu amigo, estou disposto a oferecer-lhe um peque-no desconto..."

Subimos cada vez mais. Em círculos. Eventualmente passando por um par de botas (por que nunca se vê um par de botas atraente do lado de fora da porta?). Mais e mais alto.

"Temo que os quartos estejam em um andar muito alto", sussurrei estupidamente. "Mas os escolhi porque..."

Era tão óbvio que não se importavam por que eu os escolhera que parei de falar. Aceitaram tudo. Não esperavam que nada fosse diferente. Tudo fazia parte da experiência – foi assim que analisei a situação.

"Finalmente chegamos." Corri de um lado para o outro do corredor, acendendo as luzes, dando explicações.

"Pensei neste quarto para você, Dick. O outro é maior e tem um pequeno quarto de vestir no aposento."

Meu olhar de "proprietário" notou as colchas e toalhas limpas e as roupas de cama bordadas com algodão vermelho. Achei os quartos bastante encantadores, com o teto inclinado, cheios de ângulos, os tipos de quarto que alguém que nunca esteve em Paris antes espera encontrar.

Dick atirou o chapéu na cama.

"Será que eu deveria ajudar aquele sujeito com os baús?", perguntou para ninguém.

"Sim, deveria", respondeu Mouse, "eles estão extremamente pesados."

Ela virou-se para mim com o primeiro esboço de um sorriso: "Livros, você sabe." Ah, ele lançou-lhe um olhar tão estranho antes de sair. E, não apenas ajudou o mensageiro, mas deve ter arrancado o baú de suas costas, pois trouxe-o cambaleando, colocou-o no chão e foi buscar o outro.

"Esse é seu, Dick", disse ela.

"Bom, você não se importa que ele fique aqui por enquanto, se importa?", perguntou, sem ar, respirando com força (o baú parecia estar extremamente pesado). Ele tirou um punhado de dinheiro do bolso. "Acho que devo pagar esse sujeito."

O mensageiro, à espera, parecia concordar.

"O senhor precisará de algo mais, *monsieur*?"

"Não! Não!", disse Dick, impaciente.

Nesse momento, Mouse deu um passo à frente. Disse, muito decidida, sem olhar para Dick, com seu sotaque inglês exótico e sincopado: "Sim, eu gostaria de chá. Chá para três".

Subitamente, ela levantou o regalo como se as mãos estivessem presas dentro dele, como se, com essa postura, contasse ao pálido e suado mensageiro que estava no fim de suas forças, implorando-lhe para salvá-la com um: "Chá. Imediatamente!"

Essa cena pareceu-me tão maravilhosa, era tão precisamente o gestual, o apelo que se esperaria (apesar de não ter podido imaginá-lo) extrair de uma mulher inglesa diante de uma grande crise, que quase me senti tentado a levantar a mão e protestar.

"Não! Não! Já chega. Chega. Vamos parar por aqui. Na palavra – chá. Porque realmente, realmente você saciou seu mais ávido escritor de tal forma que ele explodirá se tiver que engolir mais uma palavra."

Até mesmo Dick despertou. Como se tivesse estado inconsciente por um longo tempo, ele voltou-se lentamente para Mouse e lentamente olhou para ele com seus olhos cansados e emaciados, murmurando-lhe com o eco da sua voz sonhadora: "Sim. Boa ideia". E então: "Você deve estar cansada, Mouse. Sente-se".

Ela sentou-se em uma cadeira com tiras de renda nos braços; ele encostou-se na cama, e eu me estabeleci em uma cadeira de encosto reto, cruzei minhas pernas e limpei uma poeira imaginária dos joelhos das minhas calças (o parisiense à vontade).

Sucedeu-se uma pequena pausa. Então ele disse: "Você não vai tirar seu casaco, Mouse?"

"Não, obrigada. Ainda não."

Perguntariam para mim? Ou deveria levantar a minha mão e falar, imitando a voz de um bebê: "É hora de perguntar para mim".

Não, não deveria. Não perguntaram para mim.

A pausa tornou-se silêncio. Silêncio de verdade.

"...Venha, meu Fox Terrier parisiense! Divirta esses tristes ingleses! Não é por acaso que seja uma nação que ama cachorros."

Mas, afinal, por que deveria? Não era meu "emprego", como poderiam dizer. Mesmo assim, saltitei animadamente para Mouse.

"Uma pena vocês não terem chegado durante o dia. Há

uma vista tão encantadora dessas duas janelas. Você sabe, o hotel está em uma esquina, e cada janela dá para uma rua, ambas retas e muito longas."

"Sim", disse ela.

"Não que isso soe encantador", eu ri. "Mas há tanto movimento! Tantos garotinhos estranhos passando de bicicleta e pessoas penduradas nas janelas e... Ah, bem, você verá por si mesma pela manhã... Muito divertido. Muito animado."

"Ah, sim", disse ela.

Se o mensageiro pálido e suado não tivesse chegado naquele momento, carregando a bandeja de chá acima da cabeça, como se as xícaras fossem balas de canhão e ele, um levantador de pesos de cinema...

Ele conseguiu abaixá-la sobre uma mesa redonda.

"Traga a mesa até aqui", disse Mouse. Ele parecia ser a única pessoa com quem ela se preocupava em conversar. Tirou as mãos do regalo, tirou as luvas e jogou para trás a antiquada capa.

"Leite e açúcar?"

"Sem leite, obrigado, e sem açúcar."

Fui até a mesa pegar meu chá como um cavalheiro. Ela serviu outra xícara.

"Essa é para Dick."

E o fiel Fox Terrier levou a xícara até ele, como se a deixasse a seus pés.

"Ah, obrigado", disse Dick.

Então voltei para minha cadeira, e ela afundou-se na poltrona dela.

Dick estava longe novamente. Desnorteado, fitou a xícara de chá por um momento, olhou ao redor, colocou-a no criado-mudo, pegou seu chapéu e gaguejou, desenfreado: "Ah, aliás, você se importa de postar uma carta para mim? Eu quero que ela seja enviada no malote desta noite. Eu preciso. É muito urgente..." Sentindo os olhos dela sobre ele, disse-lhe: "É para minha mãe". E para mim: "Não vou demorar muito. Tenho tudo de que preciso. Mas ela precisa ser postada hoje. Você não se importa? Não... não vai demorar nada".

"Claro que posto. Com prazer."

"Não vai tomar seu chá primeiro?", sugeriu Mouse delicadamente.

...Chá? Chá? Sim, claro. Chá... Uma xícara de chá no criado-mudo... No seu sonho frenético, irradiou seu sorriso mais brilhante e encantador para a pequena anfitriã.

"Não, obrigado. Ainda não."

Ainda esperando não me dar nenhum trabalho, saiu do quarto e fechou a porta, e o ouvimos atravessar a passagem.

Acabei me queimando, na pressa de levar minha xícara de volta à mesa para dizer: "Você deve me perdoar se sou muito impertinente... se sou franco demais. Mas Dick nem sequer tentou disfarçar, não é? Há algum problema. Posso ajudar?"

(Música suave. Mouse se levanta, anda pelo palco por alguns momentos antes de voltar para a sua cadeira e, ah, serve-lhe uma xícara transbordando, tão quente que os olhos do amigo enchem-se de lágrimas enquanto ele bebe – enquanto ele sorve até seus resíduos amargos...)

Tive tempo de fazer tudo isso antes de ela responder. Primeiro, olhou para o bule de chá e então encheu-o de água quente, mexendo com uma colher.

"Sim, há um problema. Não, temo que não possa nos ajudar, obrigada."

Novamente, vislumbrei aquele esboço de sorriso. "Sinto muitíssimo. Deve ser horrível para você."

Horrível, realmente! Ah, por que não pude dizer-lhe que havia meses e meses que não me divertia tanto?

"Mas você está sofrendo", arrisquei delicadamente, como se não pudesse suportá-lo.

Ela não negou. Assentiu com a cabeça, mordeu o lábio, e acredito ter visto seu queixo estremecer.

"E realmente não há nada que eu possa fazer?" Ainda mais delicadamente.

Ela balançou a cabeça, empurrou a mesa e levantou-se com um salto.

"Ah, tudo ficará bem em breve", ela respirou fundo dirigindo-se para a penteadeira, dando as costas para mim. "Ficará tudo bem. Não pode continuar assim."

"Claro que não", eu concordei, imaginando se pareceria insensível de minha parte acender um cigarro; tive um súbito desejo de fumar.

De alguma forma ela viu minha mão mover-se até o bolso do casaco, quase tirar minha cigarreira e colocá-la no lugar novamente, pois a próxima coisa que disse foi: "Fósforos... no... castiçal. Já os tinha visto".

E percebi pela sua voz que estava chorando.

"Ah! obrigado. Sim. Sim. Achei." Acendi meu cigarro e andei de um lado para o outro, fumando.

Fazia tanto silêncio que poderia ser duas da manhã. Tudo estava tão quieto que se ouviam as tábuas do piso ranger e estalar como em uma casa no campo. Fumei o cigarro inteiro e apaguei a bituca no meu pires antes de Mouse virar-se e voltar para a mesa.

"Dick não está demorando muito?"

"Você está muito cansada. Acredito que queira ir para a cama", disse gentilmente. (Não se importe comigo caso queira, disse à minha mente.)

"Mas ele não está demorando muito?", ela insistiu.

Dei de ombros. "Está, um pouco."

Então percebi que ela me olhava de um modo estranho. Estava ouvindo.

"Ele saiu há séculos", disse ela; dirigiu-se com passinhos leves até a porta, abriu-a e atravessou a passagem até o quarto dele.

Esperei. Ouvia também, agora. Não suportaria perder

nem uma palavra. Ela deixara a porta aberta. Corri pelo quarto seguindo-a. A porta do quarto de Dick estava aberta também. Mas... não havia nenhuma palavra para perder.

Você sabe que cheguei a imaginar, insanamente, que eles se beijavam naquele quarto silencioso – um longo e reconfortante beijo? Um daqueles beijos que não só colocam a tristeza para dormir, mas também cuidam dela, aquecem-na, protegem-na e a mantêm em sono profundo. Ah! como é bom!

Acabou, afinal. Ouvi alguém se mover e afastei-me na ponta dos pés.

Era Mouse. Ela voltou. Refez o caminho até o quarto carregando a carta para mim. Mas não a tinha em um envelope; era apenas uma folha de papel, e ela a segurava por um dos cantos como se ainda estivesse úmida.

Ela tinha a cabeça tão encolhida, tão escondida em sua gola de pele que não cheguei a notar, até que ela deixou a folha de papel cair e quase desabou também no chão, ao lado da cama, onde apoiou o rosto e estirou as mãos, como se a última de suas pequenas armas se tivesse dissipado e agora ela deixava-se levar, tragada pelas águas profundas.

Minha mente teve um estalo. Dick se matara e, então, uma sucessão de estalos, enquanto eu corria para o outro quarto, via o corpo, a cabeça ilesa, um pequeno buraco azul na têmpora, o hotel desperto, o funeral providenciado, a ida ao funeral, a carruagem fechada, um novo fraque...

Abaixei-me, peguei o papel e, acredite-me – o senso de

retidão parisiense está tão arraigado em mim –, murmurei *pardon* antes de lê-lo.

"MOUSE, MINHA PEQUENA MOUSE,

Não vale a pena. É impossível. Não posso continuar. Ah, te amo tanto. Te amo tanto. Mouse, mas eu não posso machucá-la. As pessoas a têm machucado durante toda a sua vida. Simplesmente não ousaria dar-lhe esse último golpe. Entenda-me, apesar de ela ser mais forte que nós dois, ela é tão frágil e orgulhosa. Eu a mataria – mataria, Mouse. E, ó Deus, não posso matar minha mãe! Nem mesmo por você. Nem mesmo por nós. Você consegue compreender, não é?

Tudo parecia tão plausível quando conversávamos e planejávamos, mas, no instante em que o trem partiu, acabou. Senti que ela me arrastava de volta para ela – chamando--me. Ainda posso ouvi-la, agora enquanto escrevo. Ela está sozinha e não sabe. Um homem teria que ser um demônio para contar-lhe, e eu não sou um demônio, Mouse. Ela não precisa saber. Ah, Mouse, em algum lugar, algum lugar no seu íntimo, você não concorda? É tudo tão indescritivelmente horrível que não sei se quero ir ou não. Será que quero? Ou será que a mãe está apenas me arrastando? Não sei. Minha cabeça está tão cansada. Mouse, Mouse – o que você vai fazer? Mas não posso pensar nisso tampouco. Não me atrevo. Eu esmoreceria. E não posso esmorecer. Tudo que tenho a fazer é – apenas dizer-lhe isso e partir. Não poderia ir embora sem contar-lhe tudo. Você ficaria amedrontada. Você não deve ficar amedrontada. E não ficará, certo? Não posso suportar

– mas chega disso. Não me escreva. Não teria coragem de responder suas cartas e ver sua letra emaranhada...

Perdoe-me. Não me ame mais. Sim. Ame-me. Ame--me. Dick"

****

O que você acha disso? Não é uma descoberta insólita? Meu alívio por ele não ter se matado se misturava a uma maravilhosa sensação de júbilo. Estava quite com o meu "muito curioso e interessante" inglês – mais que quite...

Ela chorava de uma forma tão estranha. Com os olhos fechados e o rosto muito sereno, exceto pelas pálpebras trêmulas. As lágrimas brilhavam bochechas abaixo e ela as deixava cair.

Mas, ao pressentir meu olhar sobre ela, abriu os olhos e viu-me segurando a carta.

"Você a leu?"

A voz estava tranquila, mas não era mais sua voz. Parecia-se com a voz que se imagina saindo de uma concha fria e minúscula carregada até a praia pela maré...

Balancei a cabeça, muito emocionado – você me entende – e pousei a carta.

"É inacreditável! Inacreditável!", sussurrei.

Ao ouvir-me, ela levantou-se do chão, foi até o lavatório, mergulhou seu lencinho na jarra e passou-o nos olhos,

dizendo: "Ah, não. Não é nem um pouco inacreditável".
E, ainda pressionando o tecido molhado contra os olhos,
voltou para perto de mim, para sua cadeira com tiras de
renda e afundou-se nela.

"Eu sempre soube, é claro", disse a vozinha fria e salga-
da. "Desde o exato momento em que partimos. Sentia por
todo o meu ser, mas continuava a ter esperanças..." E, neste
instante, largou o lenço e lançou-me um olhar definitivo:
"Como se costuma fazer, estupidamente; você sabe como é".

"Como se costuma fazer."

Silêncio.

"Mas o que você vai fazer? Vai retornar? Vai atrás dele?"

Ao ouvir minha pergunta, sentou-se muito ereta e
fitou-me.

"Que ideia extraordinária!", disse ela, mais fria do que
nunca. "Claro que não sonharia em ir atrás dele. Quanto a retornar – completamente fora de cogitação. Não posso voltar."

"Mas..."

"Impossível. Para começar, todos os meus amigos pen-
sam que estou casada."

Estendi minha mão: "Ah, minha pobre amiga".

Ela recuou. (Movimento em falso.)

Obviamente havia uma questão no fundo da minha
mente durante todo esse tempo. Questão que eu odiava.

"Você tem algum dinheiro?"

"Sim, tenho vinte libras... aqui", e colocou a mão sobre o seio. Curvei-me. Era muito mais do que poderia esperar.

"E quais são seus planos?"

Sim, eu sei. Era a pergunta mais desastrada, mais idiota que poderia ter feito. Ela fora tão dócil, depositando sua confiança em mim, deixando-me, metaforicamente falando, segurar seu corpinho minúsculo e trêmulo na minha mão e acariciar sua cabecinha cabeluda – e agora acabara de descartá-la. Ah, eu poderia ter me espancado!

Ela levantou-se. "Não tenho planos. Mas... está tarde demais. Você deve se retirar, por favor."

Como poderia tê-la de volta? Eu a quero de volta. Juro que não estava fingindo naquele momento.

"Tenha-me como um amigo seu", exclamei. "Você me permite voltar amanhã cedo? Você me permite tomar conta de você um pouco – cuidar um pouco de você? Você me usará como lhe for conveniente?"

Consegui. Ela saiu da sua toca... timidamente... mas saiu.

"Sim, você é muito gentil. Sim. Venha amanhã. Ficarei feliz. As coisas tornam-se bastante difíceis porque...", e mais uma vez eu apertei sua mão de menino, "... *je ne parle pas français*".

Apenas depois de ter percorrido metade da avenida é que percebi... toda a força daquela situação.

Ora, eles estavam sofrendo... aqueles dois... realmente

sofrendo. Vira duas pessoas sofrendo como acredito que jamais verei novamente.

É claro que você sabe o que esperar. Você já sabe tudo que vou escrever. Caso contrário, não seria eu.

Nunca retornei àquele lugar.

Sim, ainda devo uma quantia considerável em almoços e jantares, mas isso não importa. É rude mencioná-lo junto do fato de nunca mais ter visto Mouse novamente.

Naturalmente, eu pretendia fazê-lo. Preparava-me, chegava até a porta, escrevia e rasgava cartas – fazia todo o ritual. Mas simplesmente não conseguia esforçar-me até o fim.

Ainda hoje não consigo entender completamente o porquê. Obviamente, sabia que não poderia manter aquela situação. Esse deve ser o maior motivo. Mas você poderia pensar, falando de uma forma bem vulgar, que minha curiosidade não deixaria meu nariz de Fox Terrier longe por muito tempo...

Je ne parle pas français. Esse foi seu canto do cisne para mim.

Mas como ela me faz quebrar minha regra! Ah, você viu por si mesmo, mas eu poderia dar-lhe inúmeros exemplos.

...Há noites, quando me sento em algum café melancólico, e uma pianola começa a tocar uma "trilha de Mouse" (há dúzias de melodias que evocam apenas ela), que começo a sonhar coisas como...

Uma casinha à beira do mar, em algum lugar longe, muito longe. Uma garota do lado de fora com um vestido parecido com os das índias peles-vermelhas, acenando para um menino pálido e descalço que vem correndo pela praia.

"O que você pegou?"

"Um peixe." Eu sorrio e entrego-lhe o peixe.

... A mesma garota, o mesmo menino, roupas diferentes – sentados em uma janela aberta e comendo frutas, debruçados para fora e rindo.

"Todos os morangos silvestres são para você, Mouse. Não comerei nenhum."

...Uma noite chuvosa. Eles voltam para casa juntos, sob um guarda-chuva. Param à porta para encostar suas bochechas molhadas.

E continuo e continuo até que algum cavalheiro velho e sujo chega até minha mesa, senta-se na minha frente e começa a sorrir e tagarelar. Até que ouço minha voz dizendo: "Eu tenho a garotinha para você, *mon vieux*. Tão pequena... minúscula". Beijo as pontas dos dedos, pousando-os sobre meu coração. "Dou-lhe minha palavra de honra como cavalheiro, como escritor, sério, jovem e extremamente interessado na literatura inglesa moderna."

Preciso ir. Preciso ir. Pego meu casaco e o chapéu. A proprietária me conhece. "Ainda não jantou?", ela sorri.

"Não, ainda não, madame."

A CRIADA

Onze horas. Uma batida à porta.

...Espero não tê-la incomodado, senhora. Não estava dormindo – estava? Mas acabei de dar o chá à minha patroa e sobrou mais do que suficiente para uma xícara, então pensei que talvez...

...De forma nenhuma, senhora. A última coisa que faço no dia é preparar uma xícara de chá. Ela bebe na cama depois de fazer as orações, para aquecer-se. Coloco a chaleira no fogo assim que ela se ajoelha e digo-lhe: "Agora não é preciso pressa para dizer suas orações". Mas ela sempre ferve antes de minha patroa chegar à metade. A senhora sabe muito bem, conhecemos tantas pessoas, e todas precisam de nossas orações – todas. Minha patroa mantém uma lista dos nomes em um livrinho vermelho. Por Deus! Sempre que alguém novo vem nos visitar e minha patroa me chama logo depois, "Ellen, pegue meu livrinho vermelho", fico enfurecida, fico sim. "Lá vem mais um", penso, "mantendo-a fora da cama, não importa o tempo." E ela não aceita uma almofada, sabe, senhora; ela ajoelha-se no carpete duro. Conhecendo-a como conheço, só de vê-la fico preocupada que lhe suceda algo terrível. Tentei enganá-la; estendi uma colcha no chão. Mas na primeira vez que fiz isso – ah, ela me olhou de um jeito... tão pio, senhora. "Nosso Senhor tinha uma colcha, Ellen?", disse ela. Mas – eu era mais jovem naquela época – senti-me inclinada a dizer: "Não, mas nosso Senhor não tinha sua idade e não sabia o que era ter suas crises de dor nas costas". Seria uma maldade – não? Mas ela é boa demais, sabe, senhora? Quando a coloquei na cama agorinha mesmo, vendo-a – e a vi deitada de costas, as mãos para fora e sua cabeça no travesseiro – tão bonita, não consegui deixar de pensar: "Parece-se tanto com sua querida mãe quando a vesti para o funeral!"

...Sim, senhora, fiquei a cargo de tudo. Ah, ela parecia tão serena. Arrumei seu cabelo, parecia tão aveludado, ao redor da testa, cheio de cachos delicados e, de um lado do pescoço, coloquei um buquê de amores-perfeitos roxos lindíssimos. Ela parecia um quadro com essas flores, senhora! Nunca poderei me esquecer delas. Quando olhei para minha patroa hoje à noite, pensei: "Se ela estivesse com os amores-perfeitos, ninguém notaria a diferença".

...Nesse ano que passou, senhora. Logo depois que ela ficou um pouco – bom, como se diz – debilitada. Com certeza, ela nunca foi agressiva; era uma velhinha tão amável. Mas a doença a deixou assim – ela achava que tinha perdido algo. Ela não parava quieta, não conseguia se acalmar. O dia inteiro ficava para cima e para baixo, para cima e para baixo; encontravam-na em todo lugar – nas escadas, no alpendre, indo para a cozinha. E ela olhava para você e dizia, igualzinho a uma criança: "Eu perdi, eu perdi". "Venha comigo", eu dizia, "venha comigo e eu vou encontrar sua paciência para você". E ela me pegava pela mão – eu era sua favorita – e sussurrava: "Encontre para mim, Ellen. Encontre para mim". Triste, não?

...Não, ela nunca se recuperou, senhora. No fim, teve um derrame. As últimas palavras que disse – muito lentamente – foram: "Olhe... dentro... olhe... dentro..." E então se foi.

...Não, senhora, não posso dizer que tenha notado. Talvez algumas garotas. Mas veja bem, é assim, não tenho ninguém além da minha patroa. Minha mãe morreu de tuberculose quando eu tinha quatro anos, e vivi com meu avô, que tinha um salão de cabeleireiro. Costumava passar todo o tempo no salão, embaixo de uma mesa, arrumando os cabelos da minha boneca – copiando as assistentes do meu avô, acho. Elas eram tão boazinhas comigo. Faziam pequenas perucas para mim, de todas as cores, na última moda e tudo o mais. E eu ficava lá, sentada o dia inteiro, muito quietinha – os clientes nem se davam conta. Muito de vez em quando eu dava uma espiada pela toalha da mesa.

... Mas um dia eu consegui pegar uma tesoura e – a senhora acredita? Cortei todo o meu cabelo; retalhei-o inteiro em pedacinhos, de tão levada que eu era. Meu avô ficou furioso! Ele pegou o modelador – nunca vou me esquecer disso –, pegou-me pela mão e fechou meus dedos nele. "Assim você vai aprender!", disse ele. Sofri uma queimadura terrível. Tenho a marca até hoje.

...Bem, a senhora entende, ele tinha tanto orgulho do meu cabelo. Costumava me sentar em cima do balcão, antes de os clientes chegarem, e penteá-lo lindamente – cachos grandes, sedosos, encaracolados no alto. Lembro-me das assistentes em volta de mim e eu muito solene com a moedinha que meu avô me dava para segurar enquanto ele me arrumava... Mas ele sempre pegava a moedinha de volta depois. Pobre vovô! Ficou enraivecido com a mudança horrorosa que fiz em mim mesma. Mas dessa vez ele me assustou. Sabe o que eu fiz, senhora? Saí correndo. Sim, corri, dobrei várias esquinas, para um lado e para o outro, nem sei até onde eu corri. Por Deus, devia estar uma bela visão, com a minha mão enrolada no meu avental e meu cabelo todo picotado. As pessoas devem ter gargalhado quando me viram...

...Não, senhora, meu avô nunca superou o episódio. Não podia me ver depois disso. Nem sequer conseguia jantar se eu estivesse presente. Então minha tia me pegou para criar. Ela era aleijada, trabalhava como tapeceira. Tão pequena! Ela tinha de subir nos sofás quando precisava cortar a parte de trás. Conheci minha patroa quando ainda a ajudava...

...Nem tanto, senhora. Treze anos, tinha acabado de fazer. Não me lembro de alguma vez ter me sentido – bom, como se diz – uma criança. A senhora entende, tinha meu uniforme e uma ou outra coisa. Desde o começo, a patroa me colocou golas e bainhas. Ah, sim! Fui uma vez! Foi... engraçado! Foi assim. As duas sobrinhas pequenas da patroa estavam com ela – vivíamos em Sheldon na época – e havia uma feira no parque.

"Preste atenção, Ellen", disse ela, "quero que você leve as duas mocinhas para andar de burro." E lá fomos nós; elas eram adoráveis e quietinhas; cada uma em uma mão. Mas, quando chegamos lá, elas ficaram muito acanhadas para continuar. Então ficamos lá, em pé, assistindo. Aqueles burrinhos eram tão bonitos! Foram os primeiros que eu vi sem ser em uma carroça – para diversão, pode-se dizer. Tinham uma cor cinza-prateada adorável, com selas pequeninas e vermelhas, rédeas azuis e sininhos tilintando nas orelhas. E garotas bem grandes – até mesmo mais velhas que eu – montavam neles, tão felizes. Não sei o que aconteceu, mas a forma como seus pezinhos caminhavam e os olhos – tão meigos – e as orelhas macias me fizeram querer montar em um burrinho mais que qualquer coisa no mundo!

...Certamente que eu não podia. Estava com minhas mocinhas. E com o que eu ia parecer pendurada lá em cima no meu uniforme? Mas, durante o resto do dia, só havia burrinhos – e mais burrinhos na minha cabeça. Eu sentia que iria explodir se não contasse para ninguém; mas para quem contar? Quando fui para a cama – estava dormindo no quarto da sra. James, que era nossa cozinheira naquela época –, assim que as luzes se apagaram, lá estavam eles, meus burrinhos, tilintando para todo lado, com seus pezinhos limpinhos e olhos tristes... Bem, senhora, acredita que esperei um longo tempo, fingi estar dormindo e então, de repente, sentei-me e gritei o mais alto que pude: "Eu quero montar em um burrinho. Eu quero montar em um burrinho!" Eu tinha que falar, entende, e achei que ninguém iria rir de mim se pensassem que estava apenas sonhando. Astuto – não foi? As coisas que uma criança tola inventa...

...Não, senhora, agora não mais. Claro, pensei nisso em uma época. Mas não era para ser. Ele tinha uma floricultura no fim da rua, do outro lado da nossa casa. Engraçado, não é? E eu gosto tanto de flores. Tínhamos muitas visitas naquela época, e eu vivia entrando e saindo da floricultura, muito mais que uma vez ou outra, como costumam dizer. E Harry e eu (o nome dele era Harry) começamos a discutir sobre como as coisas deveriam ser arrumadas – e começou assim. Flores! A senhora não acreditaria nas flores que ele costumava trazer para mim. Ele não tinha limites. Trouxe-me lírios-do-vale mais de uma vez, e não estou exagerando! Bom, claro, nós iríamos nos casar e morar em cima da floricultura, e estava tudo acertado direitinho, e eu ia cuidar do arranjo da vitrine... Ah, como enfeitei aquela vitrine do sábado! Claro, não de verdade, senhora, apenas em sonho, como se costuma dizer. Fiz uma também para o Natal – com uma mensagem em azevinho e tudo o mais –, uma com lírios da Páscoa e uma linda estrela feita com narcisos no centro. Pendurei – bem, chega disso. Chegou o dia em que ele me chamaria para escolher os móveis. Será que me esquecerei desse dia? Era uma terça-feira. Minha patroa não estava muito bem naquele dia. Não que ela tivesse dito alguma coisa, claro; ela nunca disse nem nunca dirá. Mas eu sabia pela forma como ela se cobria a toda hora, perguntando para mim se estava frio – e seu narizinho parecia ter sido... espremido. Eu não gostaria de deixá-la sozinha; sabia que ficaria o tempo todo preocupada. Finalmente, perguntei se ela preferiria que eu adiasse. "Ah, não, Ellen", ela disse, "você não deve se preocupar comigo. Você não deve decepcionar seu rapaz." Tão animada, sabe, senhora, sem nunca pensar nela mesma. Acabei me sentindo pior do que nunca. Comecei a refletir... Então ela deixou cair seu lencinho e começou a dobrar-se para tentar pegá-lo – algo que ela nunca fizera. "O que a senhora está fazendo?", gritei, correndo para impedi-la. "Bom", ela disse sorrindo, a senhora sabe como é, "tenho que começar a praticar." Ah, mal conseguia segurar minhas lágrimas. Fui até a penteadeira e fiz de conta que estava lustrando a prataria. Não pude me conter e perguntei se ela preferiria que... eu não me casasse. "Não, Ellen", ela disse – sua voz era assim, senhora, como estou falando. "Não, Ellen, por nada desse mundo!" Mas enquanto dizia isso, senhora – eu a observava pelo espelho; claro que ela não sabia que eu podia vê-la –, ela pôs sua mãozinha no coração igualzinho sua mãe costumava fazer e levantou os olhos... Ah, senhora!

Quando Harry chegou, já tinha todas as suas cartas

arrumadas, o anel e um pequeno broche maravilhoso que ele tinha me dado — era um pássaro prateado, com uma corrente no bico e, no fim da corrente, um coração com uma adaga. Uma coisa linda! Abri a porta para ele. Não lhe dei tempo para pronunciar nem uma palavra. "Aqui está", eu disse. "Leve tudo de volta", eu disse, "está tudo acabado. Não vou me casar com você", eu disse, "não posso deixar minha patroa." Branco! Ele ficou branco como uma mulher. Tive que bater a porta e fiquei ali, em pé, tremendo toda, até perceber que ele tinha ido embora. Quando abri a porta — a senhora acredite ou não —, aquele homem tinha sumido! Corri até a rua do jeito que estava, de avental e com os sapatos de dentro de casa, e fiquei ali, no meio da rua... olhando. As pessoas devem ter gargalhado quando me viram...

...Deus do céu! O que foi isso? É o relógio batendo as horas! E eu aqui mantendo-a acordada. Ah, a senhora deveria ter me interrompido... Quer que eu cubra seus pés? Eu sempre cubro os pés da minha patroa, toda noite, sempre igualzinho. E ela diz: "Boa noite, Ellen. Durma bem e acorde cedo!" Não sei o que faria se ela não dissesse isso.

...Ah, minha querida, às vezes eu penso... o que eu faria se algo acontecesse com... Bom, chega, pensar não faz bem para ninguém — não é, senhora? Pensar não vai ajudar. Não que eu o faça muitas vezes. E, quando me pego pensando, logo me chamo a atenção: "Chega disso, Ellen. De novo com isso — sua garota tola! Como se você não achasse nada melhor para fazer além de começar a pensar!..."

UMA FAMÍLIA IDEAL

Naquela noite, pela primeira vez na vida, quando empurrava as portas vaivém e descia os três largos degraus até a calçada, o velho sr. Neave sentiu que estava velho demais para a primavera. A primavera – quente, impaciente, incansável – estava ali, esperando por ele sob a luz dourada, prestes a correr na frente de todos, assoprar sua barba branca, arrastar-se suavemente pelo seu braço. Mas ele não era páreo para ela, não; ele não conseguiria endireitar-se mais uma vez e alcançá-la, animado como um jovem. Estava cansado e, mesmo assim, o sol poente ainda brilhava, estranhamente frio, com uma completa sensação de dormência. De repente, ele não tinha mais a energia, a disposição para suportar toda essa alegria, esses movimentos luminosos; eles o confundiam. Ele queria ficar parado, mandar tudo embora com sua bengala, dizer: "Fora daqui!" De repente, era preciso um esforço terrível para, como antes, cumprimentar –

virando a bengala efusivamente – as pessoas que ele conhecia, os amigos, conhecidos, comerciantes, carteiros, motoristas. O olhar contente que acompanhava o gesto, o brilho gentil que parecia dizer "sou parceiro de cada um de vocês", isso o velho sr. Neave não conseguia mais fazer. A passos pesados, ele caminhava, levantando muito alto os joelhos, como se o ar tivesse se tornado pesado e sólido da mesma forma que a água. E a multidão que parecia voltar para casa apressava-se, os bondes tilintavam, as carroças chacoalhavam-se, as grandes carruagens oscilantes avançavam, com aquela indiferença descuidada e insolente que só se conhece nos sonhos...

Tinha sido um dia como qualquer outro no escritório. Nada especial acontecera. Harold não havia voltado do almoço até perto das quatro. Onde teria ele estado? O que estaria aprontando? Ele não deixaria seu pai saber. O velho sr. Neave estava no saguão, despedindo-se de um cliente, quando Harold entrou displicente, totalmente extrovertido como sempre, tranquilo, agradável, com seu meio sorrisinho peculiar que as mulheres achavam tão fascinante.

Ah, Harold era bonito, bonito demais; esse tinha sido o problema desde o começo. Nenhum homem deveria ter olhos como aqueles, aqueles cílios, aqueles lábios; era assombroso. Quanto à sua mãe, suas irmãs e as criadas, não era exagero dizer que elas o tornaram um jovem deus. Elas idolatravam Harold, perdoavam-lhe tudo; e sempre havia algo a perdoar desde que completou treze anos e roubou a bolsa da mãe, tirou-lhe todo o dinheiro e a escondeu no quarto da cozinheira. Com a bengala, o velho sr. Neave golpeou o meio-fio com força. Não era apenas sua família que mimava Harold, pensou ele, era todo mundo; bastava ele olhar e sorrir, e todos se curvavam diante dele. Então talvez não era de se espantar que ele esperasse que a tradição continuasse dentro do escritório. Hmm, hmm! Mas isso não podia acontecer. Não se brincava com negócios – nem mesmo com algo estabelecido, bem-sucedido e próspero. Ou um homem se dedicava ao negócio de corpo e alma ou ele se destruiria diante de seus olhos...

E Charlotte e as meninas viviam pedindo-lhe para deixar tudo a cargo de Harold e aposentar-se, gastar seu tempo divertindo-se! Divertir-se! O velho sr. Neave parou subitamente na frente de um canteiro antigo de palmetos[15] diante dos prédios do governo! Divertir-se! A brisa da noite balançou as folhas escuras, emitindo um leve piado. Sentado em casa, girando os polegares, ciente todo o tempo de que o trabalho da sua vida esvaía-se, dissolvia-se, desaparecendo através dos dedos finos de Harold, sempre sorrindo...

"Por que o senhor é tão insensato, pai? O senhor não tem nenhuma necessidade de ir até o escritório. Apenas para causar uma situação embaraçosa quando as pessoas persistem em dizer quão cansado o senhor parece. Com essa casa

---

15　Palmeto ou sabal-da-flórida é uma espécie de palmeira nativa do norte da América. *Cabbage palms,* no original. (N. do T.)

imensa e o jardim, certamente o senhor ficaria feliz em... em apreciá-los um pouco, para variar. Ou poderia até mesmo começar um hobby."

E Lola, a caçula, acrescentou, arrogante: "Todos os homens devem ter hobbies. A vida seria impossível se não tivessem".

Ora, ora! Ele não pôde deixar de dar um sorriso sombrio ao começar, sofregamente, a subir a colina que levava até a Avenida Harcourt. Onde estariam Lola, suas irmãs e Charlotte se ele se dedicasse a hobbies? Ele gostaria de saber. Hobbies não pagariam pela casa na cidade e pelo chalé à beira-mar nem pelos cavalos delas, pelo golfe ou pelo gramofone de sessenta guinéus na sala de música, para elas dançarem. Não que ele se ressentisse delas por essas coisas. Não, elas eram meninas bonitas, obedientes, e Charlotte era uma mulher extraordinária; era natural que elas se mantivessem atualizadas. Na verdade, nenhuma outra casa da cidade era tão popular quanto a deles; nenhuma outra família recebia tantos convidados. Quantas vezes o velho sr. Neave, passando para alguém a cigarreira pela mesa da sala de fumo, não tinha ouvido elogios à sua mulher, às meninas, a ele mesmo?

"Você tem uma família ideal, senhor, uma família ideal. Igualzinho ao que se lê nos livros ou é encenado no palco."

"Está certo, meu garoto", o velho sr. Neave respondia. "Experimente um desses; acredito que gostará deles. E, se quiser fumar no jardim, ouso dizer que encontrará as meninas no gramado."

É por isso que as garotas nunca se casaram, as pessoas diziam. Poderiam ter desposado quem quisessem. Mas divertiam-se demais em casa. Eram felizes demais juntas, as meninas e Charlotte. Hmm, hmm! Ora, ora. Talvez fosse isso...

Até o momento, ele já tinha atravessado toda a refinada Avenida Harcourt; tinha alcançado a esquina da casa, a casa deles. Os portões da carruagem estavam abertos; havia marcas frescas de pneus na entrada. Logo vislumbrou a grande casa branca, com as janelas escancaradas, as cortinas de tule esvoaçando para fora, os grandes vasos azuis de jacintos nos largos parapeitos. De cada lado da entrada das carruagens, suas hortênsias – famosas na cidade – começavam a florescer; amontoados rosados e azuis despontavam como luz dentre as folhas esparramadas. E, de alguma forma, para o velho sr. Neave, parecia que a casa e as flores, até mesmo as marcas frescas de pneus, diziam: "Há vida nova aqui. Há garotas..."

O saguão, como sempre, estava escuro com tantos embrulhos, guarda-sóis e luvas empilhados em baús de carvalho. Da sala de música vinha o som do piano, rápido, alto e impaciente. Através da porta entreaberta da sala de estar, vozes flutuavam.

"E tinham sorvetes?", dizia Charlotte. E então o ranger, ranger da sua cadeira de balanço.

"Sorvetes?", gritou Ethel. "Minha querida mãe, a senhora nunca viu sorvetes como aqueles. Apenas dois tipos. Um deles, um sorvetinho comum de morango, em uma casquinha ensopada."

"Toda a comida era horrenda demais", disse Marion. "Mesmo assim, é cedo demais para sorvetes", disse Charlotte com convicção.

"Mas, por que, se alguém pode ter todos...", começou Ethel.

"Ah, justamente, querida", entoou Charlotte.

De repente, a porta da sala de música se abriu, e Lola saiu correndo. Ela assustou-se, quase gritou, ao ver o velho sr. Neave.

"Meu Deus, pai! Que susto o senhor me deu! Acabou de chegar em casa? Por que Charles não está aqui para ajudá-lo a tirar o casaco?"

Suas bochechas estavam vermelhas de tocar, seus olhos brilhavam, o cabelo caía sobre a testa. Ela respirava como se tivesse corrido através da escuridão e estava assustada. O velho sr. Neave fitou sua filha caçula; sentiu-se como se nunca a vira antes. Essa era a Lola, então? Mas ela parecia já ter se esquecido do pai. Não era por ele que ela estava esperando ali. Ela colocou a ponta do seu lencinho amassado entre os dentes e puxou-o com raiva. O telefone tocou. Aaah! Lola soltou um gritinho parecido com um soluço e saiu em disparada, passando por ele. A porta da sala do telefone bateu e, ao mesmo tempo, Charlotte chamou: "Pai, é você?"

"Está cansado novamente", disse Charlotte repreendendo-o e parou a cadeira de balanço, oferecendo-lhe a bochecha quente e vermelha. A loira Ethel beijou sua barba, os lábios de Marion roçaram sua orelha.

"Voltou para casa a pé, pai?", perguntou Charlotte.

"Sim, voltei a pé", disse o velho sr. Neave, afundando em uma das imensas cadeiras da sala de estar.

"Mas por que o senhor não pegou um táxi?", disse Ethel. "Há centenas de táxis nas redondezas a essa hora."

"Minha querida Ethel", exclamou Marion, "se o pai prefere se exaurir, não vejo por que você tem que se meter nisso."

"Crianças, crianças!", censurou Charlotte.

Mas ninguém pararia Marion. "Não, mãe, você mima o pai e isso não está certo. Você tem que ser mais rígida com ele. Ele é muito desobediente." Ela soltou sua típica risada dura e efusiva e acariciou seu cabelo, olhando-se no espelho. Que estranho! Quando ela era pequena, tinha uma voz tão hesitante e suave; chegava até a gaguejar e, agora, em tudo que dizia – mesmo que fosse apenas "pai, a geleia, por favor" –, ela soava como se estivesse no palco.

"Harold saiu do escritório antes de você, querido?", perguntou Charlotte, começando a balançar-se novamente.

"Não tenho certeza", disse o velho sr. Neave. "Não tenho certeza. Não o vi antes das quatro horas."

"Ele disse...", começou Charlotte.

Nesse momento, Ethel, que estava folheando um jornal ou algo do gênero, correu até a mãe e mergulhou ao lado da sua cadeira.

"Aqui, está vendo?", exclamou. "É disso que estou falando, mamãe. Amarelo, com toques prateados. A senhora não concorda?"

"Deixe-me ver, querida", disse Charlotte. Ela procurou seus óculos com aros de casco de tartaruga, colocou-os, deu uma pancadinha na página com seus dedinhos rechonchudos e fez um beicinho. "Muito lindo!", entoou lentamente; olhou para Ethel por sobre os óculos. "Mas eu preferiria sem a cauda."

"A cauda, não!", gemeu Ethel, trágica. "Mas a cauda é o mais importante."

"Aqui, mãe, deixe-me decidir." Marion arrancou o jornal de Charlotte alegremente. "Concordo com a mãe", gritou triunfante. "Ele fica pesado demais com a cauda."

O velho sr. Neave, esquecido, mergulhou no largo braço da sua cadeira e, cochilando, ouvia como se estivesse sonhando. Não havia nenhuma dúvida, ele estava exausto; tinha perdido sua resistência. Até mesmo Charlotte e as meninas eram muito para ele nesta noite. Elas eram muito... muito... Tudo em que sua mente sonolenta conseguia pensar era – muito enfadonhas para ele. E, em algum lugar nas profundezas, ele assistia a um velho sujeitinho enfraquecido subindo infindáveis lances de escadas. Quem era ele?

"Não vou me vestir esta noite", ele murmurou.

"O que está dizendo, pai?"

"Hã, que, o quê?" O velho sr. Neave despertou assustado e olhou para elas. "Não vou me vestir esta noite", ele repetiu.

"Mas, pai, vamos receber Lucile, e Henry Davenport, e a sra. Teddie Walker."

"Vai parecer tão fora de contexto."

"Não está se sentindo bem, querido?"

"O senhor não vai precisar fazer nenhum esforço. Para que serve o Charles?"

"Mas se você não se sente disposto", Charlotte hesitou.

"Muito bem! Muito bem!" O velho sr. Neave levantou-se e foi juntar-se àquele velho sujeitinho subindo as escadas, apenas até chegar a seu vestíbulo...

O jovem Charles esperava-o ali. Com muito cuidado, como se tudo dependesse disso, ele enrolava uma toalha em volta do jarro de água quente. O jovem Charles tinha sido seu favorito desde que, ainda um garoto de faces rosadas, tinha vindo para a casa para cuidar das lareiras. O velho sr. Neave abaixou-se na cadeira de vime perto da janela, esticou as pernas e contou sua piadinha noturna: "Enfeite-o, Charles!" E Charles, respirando fundo e franzindo a testa, curvou-se para tirar o alfinete de sua gravata.

Hmm, hmm! Ora, ora! Estava agradável perto da janela aberta, muito agradável – uma noite bela e amena. Estavam cortando a grama da quadra de tênis logo abaixo; ele ouvia o leve ruído do cortador. Em breve, as meninas recomeçariam suas partidas de tênis. Ao pensar nisso, pareceu-lhe ouvir a voz de Marion ressonando: "Bem-feito, parceiro... Ah, enganei você, parceiro... Ah, realmente muito bom". E Charlotte chamando da varanda: "Onde está Harold?" E Ethel: "Com certeza não está aqui, mãe". E, Charlotte, confusa: "Ele disse..."

O velho sr. Neave suspirou, levantou-se e, colocando a mão sob a barba, pegou o pente da mão do jovem Charles e, cuidadosamente, penteou toda a barba branca. Charles entregou-lhe um lencinho dobrado, seu relógio de bolso e o estojo dos óculos.

"Isso basta, meu camarada." A porta se fechou, ele afundou novamente, estava só...

E agora aquele velho sujeitinho descia infindáveis lances de escada, que levavam a uma sala de jantar alegre e brilhante. Que pernas ele tinha! Pareciam as pernas de uma aranha – finas, mirradas.

"Você tem uma família ideal, senhor, uma família ideal."

Mas, se isso era verdade, por que Charlotte e as meninas não o detinham? Por que ele estava só, subindo e descendo? Onde estava Harold? Ah, não era bom esperar qualquer coisa de Harold. A pequena e velha aranha descia, descia e então, para seu espanto, o velho sr. Neave a viu atravessar a sala de jantar, passar pelo alpendre, pela entrada escura, pelo portão das carruagens, pelo escritório. Parem-na, parem-na, alguém!

O velho sr. Neave assustou-se. Estava escuro no seu vestíbulo; a janela brilhava, pálida. Por quanto tempo teria ele dormido? Ele ouviu e, através da casa grande, etérea e escurecida, flutuavam vozes longínquas, sons longínquos. Talvez, pensou ele vagamente, ele tivesse adormecido por muito tempo. Esqueceram-se dele. O que tudo isso tinha a ver com ele – essa casa e Charlotte, as meninas e Harold –, o que ele sabia a respeito deles? Eram estranhos para ele. A vida tinha passado por ele. Charlotte não era sua esposa. Sua esposa!

...Um alpendre escuro, escondido em parte por um ramo de passiflora, que pendia pesaroso e triste, como se o compreendesse. Braços pequenos e quentes ao redor do seu pescoço. Um rosto acanhado e pálido ergueu-se em direção a ele, e uma voz sussurrou: "Adeus, meu tesouro".

Meu tesouro! "Adeus, meu tesouro!" Quem, dentre eles, tinha falado? Por que disseram adeus? Houve algum engano terrível. Ela era sua esposa, aquela garotinha pálida, e todo o resto da sua vida tinha parecido um sonho.

Então a porta se abriu e o jovem Charles, em pé sob a luz, estendeu as mãos ao longo do corpo e gritou como um jovem soldado: "O jantar está na mesa, senhor!"

"Estou indo, estou indo", disse o velho sr. Neave.

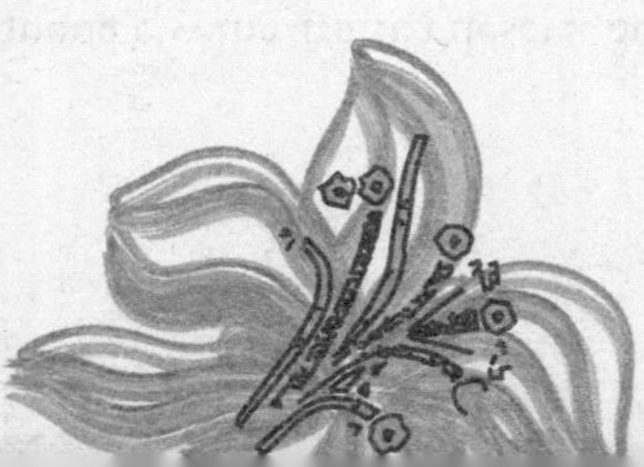

SR. E SRA. WILLIAMS

Naquele inverno, o sr. e a sra. Williams, que moram em The Rowans, na cidade de Wickenham, em Surrey[16], surpreenderam seus amigos ao anunciar que iriam tirar três semanas de férias na Suíça. Suíça! Que excitante e audacioso! Houve uma certa comoção nos lares de Wickenham com a notícia. Os maridos que chegavam da cidade à noite eram recebidos imediatamente com:

"Meu querido, ficou sabendo da novidade dos Williams?"

"Não! O que aconteceu agora?"

"Eles estão de partida para a Suíça."

---

16   Surrey é um condado situado no sudeste da Inglaterra, próximo à área metropolitana de Londres. Em Surrey, há uma grande propriedade chamada The Rowans, na cidade de Sunbury-on-Thames (a cidade de Wickenham não existe). Não se sabe se a autora quis fazer alusão a essa propriedade ou se trata de uma coincidência. (N. do T.)

"Suíça! Que diabos vão fazer lá?"

Tudo, claro, pela extravagância do momento. Todos sabiam perfeitamente por que as pessoas iam para a Suíça. Mas nunca ninguém em Wickenham tinha corrido para tão longe de casa nessa época do ano. Não era considerado "necessário", da mesma forma que jogar golfe e bridge, férias de verão no mar, uma conta na Harrods[17] e comprar um carrinho assim que possível eram considerados necessários...

"Vocês não acham os gastos iniciais muito pesados?", perguntou a velha e robusta sra. Prean, ao encontrar por acaso a sra. Williams no prestativo e gentil quitandeiro delas. Ela limpou as migalhas de um biscoito de queijo para degustação do seu largo busto.

"Ah, vamos comprar nosso uniforme lá", disse a sra. Williams.

"Uniforme" era uma palavra em voga entre as damas de Wickenham. Era uma herança da guerra, claro, assim como "divertido", "fracasso", "huno", "*boche*[18]" e "bolchevique". Na verdade, bolchevique já fazia parte do pós-guerra. Mas tinha o mesmo caráter. ("Minha querida, minha criada comporta-se como um huno, e temo que a cozinheira esteja se tornando uma bolchevique...") Havia uma fascinação por

17   Loja de departamentos inglesa, estabelecida em 1849. (N. do T.)
18   Alcunha dada aos judeus britânicos no começo do século XX. Optou-se por manter o original por não haver equivalente em português. (N. do T.)

essas palavras. Usá-las era como abrir o depósito da Cruz Vermelha novamente e admirar os restos de gaze, faixas para o corpo, latas de inseticida e por aí vai. Sentia-se um alvoroço, uma excitação distante, como a emoção de ouvir uma banda ao longe. Elas nos faziam recordar aqueles dias animados, agitados – ansiosos, claro, mas fantásticos dias quando toda a Wickenham era uma única família unida. E, mesmo com o marido longe, tinha-se três grandes fotografias dele em seu uniforme, para substituí-lo. A primeira delas com uma moldura prateada na mesinha ao lado da cama, a outra nas cores do regimento em cima do piano e a última no porta-retratos de couro, para combinar com as cadeiras da sala de jantar.

"A cozinheira nos aconselhou veementemente a não comprar nada aqui", continuou a sra. Williams.

"A cozinheira!", gritou a sra. Prean, extremamente chocada. "O que ela pode..."

"Ah... claro que eu me refiro a Thomas Cook[19]", disse a sra. Williams, abrindo um sorriso reluzente. A sra. Prean acalmou-se.

"Mas certamente você não vai depender dos recursos de uma cidadezinha suíça para suas roupas?", ela insistiu, extremamente interessada nos assuntos das outras pessoas, como sempre.

....

19 Há aqui um jogo de palavras entre a palavra *cook* – "cozinheiro (a)" em inglês – e o sobrenome do empresário Thomas Cook (1808-1892), fundador da agência de turismo Cook and Sons. (N. do T.)

"Ah, não, claro que não." A sra. Williams ficou bastante chocada. "Vamos comprar tudo de que precisamos em termos de roupas na Harrods'."

Era isso que a sra. Prean queria ouvir. Seria assim, então.

"O grande segredo, minha querida" – ela sempre sabia o grande segredo –, "o grande segredo" – e ela pôs sua mão no braço da sra. Williams e falou, muito claramente – "é levar muitas combinações de mangas compridas!"

"Obrigada, senhora."

As duas assustaram-se. Ao lado delas estava o sr. Wick, o gentil quitandeiro, segurando o pacote da sra. Prean pelo laço de uma cordinha rosa. Meu Deus – que embaraçoso! Ele deve ter... não poderia não ter... Na emoção do momento, a sra. Prean, tentando consertar o que falara delicadamente, assentiu expressivamente para a sra. Williams e disse, recebendo o pacote: "E é isso que eu sempre digo para o meu filho querido!" Mas tudo foi ligeiro demais para a sra. Williams acompanhar.

Ela continuou envergonhada e, ao pedir as sardinhas, quase chegou a dizer "três pares grandes, sr. Wick, por favor", em vez de "três latas grandes".

II

Na verdade, foi o feliz passamento da tia Aggie da sra. Williams que tornou seus planos possíveis. Fora um passamento feliz! Depois de quinze anos em uma cadeira de rodas entre momentos de consciência e letargia na sua casinha em Ealing, ela tinha, usando a expressão da enfermeira, "finalmente deslizado para o além". Deslizado para o além... soava como se a tia Aggie tivesse levado a cadeira de rodas com ela. Poderiam vê-la, no seu tolo vestido de veludo roxo, guiando com cuidado entre as estrelas e choramingando levemente, como era seu hábito terrestre, quando a roda sacudisse ao passar por uma estrela maior.

Tia Aggie havia deixado duzentas e cinquenta libras para sua querida sobrinha Gwendolen. De forma nenhuma uma vasta quantia, mas um pequeno, agradável e inesperado espólio. Gwendolen, com a elegante disposição de que apenas as mulheres possuem, decidira imediatamente gastá-lo – parte na casa e o resto em um presente para Gerald. E, como a carta do advogado chegara à hora do chá, acompanhada de uma cópia do *Sphere*[20] cheia das mais fascinantes e excitantes fotografias de viajantes em Mürren, St. Moritz e Montana[21], a parte do presente ficou acertada.

"Você gostaria de ir à Suíça, não gostaria, Gerald?"

"Muito."

"Você... é muito bom com esquis e esse tipo de coisas, não é?

---

20 Jornal semanal londrino que esteve em circulação entre os anos de 1900 e 1964. (N. do T.)

21 Cidades da Suíça. (N. do T.)

"Razoavelmente."

"Você sente que é algo que precisamos fazer, não sente?"

"O que você quer dizer com isso?"

Mas Gwendolen apenas riu. Era tão típico de Gerald. Ela sabia que, no seu íntimo, ele era tão entusiasmado quanto ela. Mas ele tinha essa aversão a mostrar seus sentimentos – como todos os homens. Gwendolen entendia perfeitamente e não gostaria dele nem um pouco diferente do que era...

"Vou escrever para Cook imediatamente e dizer-lhes que não queremos ir a nenhum lugar da moda e que não queremos nenhum daqueles imensos hotéis espalhafatosos! Gostaria muito mais de um lugarzinho remoto onde pudéssemos praticar esportes seriamente." Isso não era exatamente verdade, mas, como várias das frases que Gwendolen proferia, foi dita para agradar Gerald. "Você não concorda?"

Gerald respondeu acendendo o cachimbo.

Como vocês já devem ter percebido, os prenomes do sr. e da sra. Williams eram Gwendolen e Gerald. Como combinavam! Soavam casados. Gwendolen-Gerald. Gwendolen escreveu os nomes, entre parênteses, em pedaços de papel mata-borrão, no verso dos envelopes, no catálogo da Stores'. Eles pareciam casados. Gerald, quando eles estavam em sua lua de mel, fez uma ótima piada sobre isso. Certa manhã, ele disse: "Olha só, você já percebeu que nossos dois nomes começam com G? Gwendolen-Gerald. Você é um Gê", e apontou seu barbeador para ela — estava se barbeando —, "e eu sou um Gê. Dois Gês, Gê-Gê. Vê?"

Ah, Gwendolen entendeu imediatamente. Era realmente muito astuto. Muito brilhante! E tão... meigo e inesperado da parte dele ter pensado nisso. Gê-Gê. Ah, muito bem! Ela queria poder contar às outras pessoas. Ela tinha a impressão de que algumas pessoas achavam que Gerald não possuía um senso de humor muito apurado. Mas era algo íntimo demais. No entanto, por essa razão, ainda mais valioso.

"Meu querido, você pensou nisso neste exato momento? Quero dizer... você acabou de inventar, agora mesmo?"

Gerald, esfregando a espuma com um dedo, assentiu. "Surgiu na minha mente enquanto estava ensaboando meu rosto", disse ele seriamente. "É algo estranho", e mergulhou a lâmina na bacia de água quente, "já tinha notado antes. Fazer a barba me dá ideias." Dava mesmo, pensou Gwendolen...

CORAÇÃO FRACO

Apesar de ecoar durante todo o ano, apesar de ele tocar algumas vezes tão cedo quanto seis e meia da manhã e às vezes tão tarde quanto dez e meia da noite, era na primavera, quando o canteiro de violetas dos Bengel junto à parte interna do portão ficava azul de flores, que aquele piano... fazia com que os passantes não apenas parassem de falar, mas também diminuíssem o passo, fizessem uma pausa e parecessem, subitamente sérios, austeros mesmo – se fossem homens – e, se fossem mulheres, sonhadoras, quase tristes.

A rua Tarana era linda na primavera; não havia uma única casa sem um jardim, árvores e um pedaço de grama grande o bastante para ser chamado de "gramado". Ao passar na frente das casas podia-se ver, por sobre as baixas cercas pintadas, de quem os narcisos estavam florindo, qual canteiro de campânulas silvestres já tinha murchado e quem tinha os maiores jacintos, tão rosados e brancos, da cor de sorvete de coco. Mas ninguém tinha violetas que cresciam e cheiravam no calor da primavera como as dos Bengel. Elas realmente cheiravam assim? Ou você fechou os olhos e debruçou-se na cerca por causa do piano de Edie Bengel? Uma brisa agita as folhas como uma mão feliz procurando pelas flores mais bonitas; e o piano soa alegre, doce, risonho. Uma nuvem, parecendo um cisne, voa em frente ao sol; as violetas brilham, frescas como água, e um súbito grito questionador ressoa no piano de Edie Bengel.

...Ah, se a vida precisa passar tão rapidamente, por que o odor dessas flores é tão doce? Qual é o sentido dessa sensação de nostalgia, de suave incômodo – de contentamento passageiro? Tchau! Adeus! As jovens abelhas repousam semiacordadas nos finos dentes-de-leão, as pétalas pontiagudas com pontas rosadas das margaridas estão prateadas, a grama nova balança com a luz. Tudo está começando novamente, maravilhoso como sempre, celestial e atraente. "Deixe-me ficar! Deixe-me ficar!", implora o piano de Edie Bengel.

É a tarde, ensolarada e imóvel. As persianas da parte da frente estão abaixadas para não danificar os carpetes, mas, no andar de cima, as lâminas estão abertas e, sob a luz dourada, a pequena sra. Bengel procura a caixa de chapéus quadrada embaixo da cama. Ela está aflita. Sente-se tímida, animada, como uma garota. Agora o papel de embrulho se foi, e seu melhor chapéu, aquele com uma borboleta bordada repousando no topo, é retirado e assoprado solenemente.

Recuando até o espelho, ela o experimenta com os dedos trêmulos. Ela joga sua túnica ao redor dos ombros esbeltos, pega sua bolsa e, antes de sair do quarto, ajoelha-se por um momento para pedir a benção de Deus para as suas "saídas". E enquanto está ali, ajoelhada, tremendo, parece-se ela mesma com uma borboleta, balançando as asas perante seu Senhor. Quando a porta se abre, o som do piano subindo pela casa silenciosa é quase amedrontador, tão atrevido, tão desafiador, tão inconsequente, surgindo sob os dedos de Edie. E, por um único instante, o pensamento chega à sra. Bengel e desaparece novamente, a ideia de que há um estranho na sala de estar com Edie, mas se trata de uma pessoa fantástica, saída de um livro, um—um vilão. É muito ridículo. Ela percorre o saguão, gira a maçaneta da porta e confronta a corada filha. Edie tira as mãos das teclas. Ela as aperta entre os joelhos e curva a cabeça, seus cachos caem para a frente. Encara a mãe com olhos luminosos. Há algo doloroso em seu olhar, algo muito estranho. A sala de estar está na penumbra, a tampa do piano está aberta. Edie tem tocado de memória; o ar ainda parece zunir.

"Estou saindo, querida", disse a sra. Bengel suavemente, tão suave que lembra um suspiro.

"Sim, mãe", Edie respondeu.

"Espero não demorar muito."

A sra. Bengel aguarda. Ela gostaria muito de uma palavra de simpatia, de compreensão, até mesmo de Edie, para animá-la no caminho.

Mas Edie sussurra: "Vou colocar a chaleira no fogo em meia hora".

"Sim, querida!" A sra. Bengel agarrou-se até a isso. Um sorrisinho nervoso tocou seus lábios. "Acredito que vou querer meu chá."

Mas Edie não lhe responde; ela franze a testa, estica uma mão, desenrosca rapidamente um dos castiçais do piano, levanta uma argola rosada de cerâmica e aperta tudo novamente. A argola estava chacoalhando. Assim que a porta se fecha suavemente com a saída da sua mãe, Edie e o piano parecem mergulhar juntos em águas profundas e escuras, em ondas que sobem sobre ambos, implacáveis. Ela continua a tocar desesperadamente, até que seu nariz fica branco e seu coração dispara. Essa é sua forma de superar seu nervosismo e, também, sua forma de rezar. Será que a aceitarão? Vão permitir sua presença? Será possível que, daqui a uma semana, ela seria uma das meninas da srta. Farmer, vestindo um chapéu com fita azul e vermelha, correndo pelos degraus largos que levam até a grande casa cinzenta que zumbia, que cantarolava quando se passava na frente? Seu banco na igreja ficava em frente ao das alunas da srta. Farmer. Ela finalmente saberia o nome das garotas que observava tão frequentemente? A menina pálida com cabelos vermelhos, a morena com franja, a loira que segurava a mão da srta. Farmer durante o sermão?... Mas afinal...

Era o aniversário de quatorze anos de Edie. Seu pai lhe dera um broche prateado com um compasso musical com duas semínimas, duas oitavas e uma mínima encabeçadas por uma clave de sol distorcida. Sua mãe presenteou-a com luvas de cetim azul e duas caixas para luvas e lencinhos. A caixa para as luvas tinha um rebento de rosas douradas com a letra G maiúscula pintado à mão, e a caixa para os lencinhos vinha com uma borboleta extremamente realista atravessando o H maiúsculo. Das suas tias de...

Havia uma árvore na esquina das ruas Tarana e May. Ela crescia tão próxima ao meio-fio que os galhos mais pesados estendiam-se por toda parte e, nesse ponto da calçada, sempre existia um emaranhado de galhos minúsculos.

Mas, na penumbra, amantes passeando chegavam à sua sombra como se entrassem em uma tenda. Ali, não importando quanto tempo estivessem juntos, cumprimentavam-se novamente com longos beijos, com abraços que eram uma doce tortura, uma agonia suportável, uma agonia finita.

Edie nunca soube que Roddie "amava" aquela sombra, Roddie nunca soube o que ela significava para Edie.

Roddie, todo arrumado, banhado e elegante, desceu de bicicleta os degraus de madeira, através do portão. Tinha saído para uma volta e, ao olhar para aquela árvore, escurecida no brilho da noite, sentiu que ela o observava. Ele queria fazer maravilhas, surpreender, chocar, impressioná-la.

Roddie colocara um traje completamente novo para a ocasião. Um terno de sarja preto, uma gravata preta, um chapéu de palha tão branco que parecia prateado, um ofuscante chapéu de palha branco com uma larga faixa preta. Preso ao chapéu, havia um cordão espesso, que, de alguma forma, lembrava-lhe uma linha de pesca com um fecho na borda que parecia um inseto... Ele ficou ao lado do túmulo, com as pernas separadas, apertando levemente as mãos, e observou Edie ser abaixada até a cova – como um garoto quase adulto observa tudo, um homem trabalhando, um acidente de bicicleta ou um sujeito limpando a roda de uma carruagem com amortecedores –, mas subitamente, quando os homens se afastaram, ele tomou um susto imenso, virou-se, murmurou algo para o pai e foi embora, correndo tão rápido que pareceu ter realmente assustado as pessoas, atravessando todo o cemitério, descendo a avenida respingada de montes de terra até a rua Tarana, e começou a avançar para casa. Seu terno estava muito apertado e quente.

Parecia um sonho. Ele manteve a cabeça baixa e os pulsos cerrados, não conseguia olhar para cima, nada podia fazê-lo olhar além do alto das cercas. No que ele pensava enquanto corria? Em frente, em frente até alcançar o portão, subir os degraus, atravessar a porta, entrar pelo saguão, ir até a sala de estar.

"Edie!", chamou Roddie. "Edie, velha garota!"

Ele emitiu um guincho estranho e baixo e chorou "Edie!", encarando o piano dela.

Opressivo, o piano encarou Roddie de volta, frio, solene, como se fora congelado. Então respondeu, em seu próprio nome, em nome da casa e do canteiro de violetas, do jardim, da árvore aveludada na esquina da rua May, em nome de tudo que era encantador: "Não há ninguém aqui com esse nome, rapazinho!"

ENVIUVADA

Eles desceram para o desjejum na manhã seguinte sentindo-se muito bem com eles mesmos. Otimistas, renovados e suficientemente arrefecidos pela brisa fria que soprava pelas janelas do quarto, para estar plenamente dispostos a tomar um café quente.

"Cortante." Essa foi a palavra dita por Geraldine ao abotoar seu casaco laranja com os dedos rosa-claro. "Você não acha que está definitivamente cortante?" E sua voz, tão pragmática, tão natural soava como se eles estivessem casados havia anos.

Dividindo seu cabelo com duas escovas (um feito maravilhoso para uma mulher observar) em frente ao pequeno espelho redondo, ele respondera, batendo levemente uma escova na outra: "Minha querida, você está bem agasalhada?", soando, ele também, como se tivesse anos de conhecimento a respeito do seu hábito de vestir camadas de chifon sob a roupa, presas por dois laços de cetim... Então desceram correndo para o café da manhã, rindo juntos e assustando terrivelmente a tímida copeira, que, depois de discutir com a cozinheira, havia decidido ficar invisível até ser chamada.

"Bom dia, Nellie, acho que vamos querer mais do que essa quantidade de torradas", disse a sorridente Geraldine, debruçada sobre a mesa do café. Ela refletiu: "Peça para a cozinheira fazer mais quatro fatias, por favor".

Esplêndido, a copeira pensou. E, assim que fechou a porta, ela ouviu a voz dizer: "Odeio quando faltam torradas e você?"

Ele estava em pé, ao lado da janela ensolarada. Geraldine foi até ele. Ela pousou a mão em seu braço e deu-lhe um leve apertão. Como era agradável sentir a lã áspera de um casaco masculino novamente. Ah, que agradável! Ela roçou a mão contra o tecido, tocou-o com seu rosto, sentiu seu cheiro.

A janela tinha vista para os canteiros de flores, um emaranhado de ásteres italianas, dálias tardias curvadas de tão pesadas e pequenas, além de desgrenhadas ásteres comuns. Afora os canteiros, havia um gramado cheio de folhas amareladas e um vasto caminho com uma fileira de árvores douradas tremulando. Um velho jardineiro, com luvas de lã, varria o caminho, arrastando as folhas até uma pequena e ordenada pilha. Agora, com a vassoura sob o braço, ele remexeu no bolso do casaco, tirou alguns fósforos e, fazendo um buraco na pilha, pôs fogo nas folhas.

Uma fumaça azulada adorável emanou através daquelas folhas secas; havia algo tão calmo e ordenado na forma como a pilha queimava que era um prazer observá-la.

O velho jardineiro saiu pisando forte e voltou com uma porção de galhos murchos. Ele jogou-os na pilha e permaneceu ali, e as pequenas chamas luminosas começaram a tremular.

"Eu acredito", disse Geraldine, "acredito que não há nada mais agradável que uma fogueira de verdade."

"Jovial, não é?", ele murmurou de volta, e foram tomar seu primeiro café da manhã.

Há pouco mais de um ano, treze meses para ser exato, ela estava em frente à janela da sala de jantar da casinha da rua Sloane. Ela tinha vista para os jardins cercados. Já haviam tomado o café da manhã, tudo estava recolhido e limpo... Ela tinha uma quantidade de cartas na mão, às quais pretendia responder, confortavelmente, em frente à lareira. Mas, antes de se acomodar, o sol do outono, o frescor haviam-na atraído até a janela. Uma manhã tão perfeita para ir à Row[22]. Jimmie tinha ido cavalgar.

"Até logo, querido."

"Até logo, minha Gerry." E então o beijo matinal, rápido e firme. Ele ficava tão bonito no seu traje de montaria. Enquanto permanecia ali parada, ela o imaginava... montando. Geraldine não era muito boa em imaginar coisas. Mas podia ver uma névoa, um barulho de cascos; via também que o bigode de Jimmie estava molhado. Do

---

22 Rotten Row, pista de cavalos localizada no Hyde Park, parque ao sul de Londres e frequentada pela alta sociedade londrina no começo do século XX. (N. do T.)

jardim, surgiu o ranger do carrinho do jardineiro. Um velho apareceu com uma vassoura sobre um punhado de folhas. Ele parou; começou a varrer. "Quantidades enormes de íris cresciam nos jardins de Londres", refletiu Geraldine. "Por quê?" E agora a fumaça de uma fogueira de verdade começava a subir.

"Não há nada mais agradável", pensou ela, "que uma fogueira de verdade."

Neste exato momento o telefone tocou. Geraldine sentou-se à mesa de Jimmie para responder. Era o major Hunter.

"Bom dia, major. O senhor acorda com as galinhas!"

"Bom dia, sra. Howard. Sim, acordo." (Geraldine fez uma cara de surpresa para si mesma. Como ele soava estranho!) "Sra. Howard, estou saindo para vê-la... Estou tomando um táxi agora... Por favor, não saia. E-e...", sua voz gaguejou, "po-por favor, não deixe os criados saírem."

"Co-mo?" A última frase foi tão peculiar, apesar de toda a ligação ter sido bastante peculiar, que Geraldine não pôde acreditar no que ouvia. Mas ele já tinha ido. Já desligara. O que diabos... Ao colocar o fone no gancho, ela pegou um lápis e desenhou o que sempre desenhava quando se sentava em frente a um pedaço de papel mata-borrão — as costas de um gato com toda a cauda e os bigodes aparecendo. Geraldine deve ter desenhado aquele gatinho centenas de vezes, por todo o mundo, em hotéis, clubes, nas mesas de barcos a vapor, esperando no banco. O gatinho era seu sinal, sua marca. Ela o tinha copiado de uma menininha na escola ao achá-lo maravilhoso demais. E nunca tentou fazer outra coisa. Ela não era... muito boa em desenho. Esse gato em particular era desenhado com uma caneta extrafirme, e mesmo seus bigodes pareciam surpresos.

"Não deixe os criados saírem!" Ele nunca ouvira nada tão peculiar em sua vida. Ela deve ter ouvido errado. Geraldine não pôde evitar uma risadinha divertida. E por que ele lhe disse que estava tomando um táxi? E por que – acima de tudo – ele viria vê-la a esta hora da manhã?

Então – a ideia surgiu-lhe – subitamente ela se lembrou da mania do major Hunter por móveis antigos. Eles falaram sobre o assunto na última vez que almoçaram juntos no Carlton. Ele dissera para Jimmie algo sobre algumas peças – Jacobitas ou Rainha Anne ou algo assim. Geraldine não sabia nada sobre essas coisas. Seria possível que ele estivesse trazendo a tal peça? Mas claro. Deve ser. E isso explicava o comentário sobre os criados. Ele queria que o ajudassem a transportá-la para dentro. Que entediante! Geraldine esperava que a peça combinasse. E, realmente, ela precisava dizer que achava que o major Hunter estava superestimando sua amizade ao trazer algo daquele tamanho àquela hora do dia sem avisar com antecedência. Eles mal o conheciam. E, também, por que fazer esse suspense todo? Geraldine odiava suspense. Mas ela ouvira dizer que a cabeça do major andava meio preocupante desde o incidente em

Somme[23]. Talvez esse fosse um de seus dias ruins. Nesse caso, uma pena Jimmie não estar de volta. Ela tocou a sineta. Mullins respondeu.

"Ah, Mullins, estou esperando o major Hunter em alguns instantes. Ele está trazendo algo muito pesado. Pode ser que precise de ajuda. É melhor a cozinheira ficar a postos também."

Geraldine era bastante esnobe no trato com os criados. Ela gostava de cuidar dos afazeres com firmeza. Mesmo assim, Mullins aparentou surpresa. Pareceu hesitar por um momento antes de sair, o que irritou Geraldine profundamente. "O que havia para se surpreender? O que poderia ser mais simples?", pensou ela, sentando-se com seu punhado de cartas; e o fogo, o relógio e sua caneta começaram a sussurrar juntos.

O táxi chegara – causando uma enorme barulheira na porta. Ela pensou ter ouvido a voz do motorista também, discutindo. Ela levou um certo tempo para fechar o estojo da caneta e levantar-se da cadeira baixa. A campainha tocou. Ela foi direto para a porta da sala de jantar...

E lá estava o major Hunter no seu traje de montaria, correndo até ela e, atrás dele, pela porta aberta no fundo das escadas, ela viu algo grande, cinza. Era uma ambulância.

---

23   Referência à Batalha de Somme (França), travada durante a Primeira Guerra Mundial, onde os exércitos do Império Britânico e da França lutaram contra as forças da Alemanha. (N. do T.)

"Houve um acidente", gritou Geraldine, bruscamente.

"Sra. Howard." O major Hunter avançou rapidamente. Esticou a mão gelada, apertando a dela. "Você será corajosa, não é?", disse, implorou ele.

Mas claro que ela seria corajosa.

"É algo sério?"

O major Hunter assentiu com a cabeça, sério. Disse apenas uma palavra: "Sim".

"Muito sério?"

Ele levantou a cabeça. Olhou fixamente nos seus olhos. Ela nunca tinha notado, até aquele momento, como ele era extraordinariamente bonito, mesmo que de uma forma melodramática. "É tão ruim quanto possível, sra. Howard", disse o major Hunter, sem rodeios. "Mas... entre aí", exclamou rapidamente e quase a empurrou para o interior da sua própria sala de jantar. "Nós precisamos trazê-lo para dentro... onde podemos...?"

"Podem levá-lo para o andar de cima?", perguntou Geraldine.

"Sim, sim, claro." O major Hunter olhou para ela de um jeito tão estranho – tão doloroso.

"Há o quarto de vestir dele", disse Geraldine. "No primeiro andar. Acompanhe-me", e pôs sua mão no braço do major. "Está tudo bem, major", disse ela, "não vou ter uma crise...", e ela sorriu, de verdade, um sorriso luminoso e confiante.

Para sua surpresa, assim que o major Hunter se virou, ele irrompeu em choro, dizendo: "Ah, meu Deus! Sinto muitíssimo".

Pobre homem. Estava muito exausto. "Conhaque, só depois", pensou Geraldine. "Agora não, obviamente."

Foi difícil quando ela ouviu aqueles passos propositalmente comedidos no saguão. Mas Geraldine, percebendo que aquele não era o momento apropriado e que não haveria nada a ganhar com isso, evitou olhar.

"Por aqui, major." Ela passou na frente, subiu as escadas, atravessou o corredor; escancarou a porta do quarto de vestir alegre e cheio de vida de Jimmie e afastou-se para o lado – deixando passar o major Hunter e os dois carregadores da maca. Apenas naquele instante ela percebeu que deveria ser um machucado na cabeça – alguma lesão no cérebro. Pois não era possível ver Jimmie; o lençol cobria todo o seu corpo...

COMO PEARL BUTTON FOI SEQUESTRADA

Pearl Button balançava-se no portãozinho em frente à Casa de Caixas. Era o começo da tarde de um dia levemente ensolarado, com os ventos brincando de esconde-esconde. Eles assopravam o aventalzinho de Pearl Button até sua boca e enchiam a Casa de Caixas de poeira da rua. Pearl observava – era como uma nuvem – ou como quando sua mãe jogava pimenta no peixe e a tampa do pimenteiro caía. Sozinha, ela balançava-se no portãozinho e cantava uma musiquinha. Duas mulheres grandes desciam a rua. Uma estava vestida de vermelho e a outra estava vestida de amarelo e verde. Ambas usavam lenços cor-de-rosa na cabeça e carregavam uma grande cesta de linho com samambaias. Estavam descalças e sem meias, e caminhavam lentamente – já que eram muito gordas – conversando e sorrindo sempre. Pearl parou de se balançar e, quando a viram, elas pararam de andar. Olharam, e olharam para ela, e então falaram entre si, balançando os braços e batendo palmas. Pearl começou a rir.

As duas mulheres aproximaram-se dela, mantendo-se perto da cerca e olhando amedrontadas na direção da Casa de Caixas.

"Olá, garotinha!", disse uma delas.

Pearl respondeu: "Olá!"

"Você está sozinha?"

Pearl assentiu com a cabeça.

"Onde está sua mãe?"

"Na cozinha, passando a ferro, porque é terça-feira."

As mulheres sorriram para ela, e Pearl sorriu de volta. "Ah", ela disse, "como seus dentes são brancos! Sorria de novo."

A mulher morena sorriu, e elas falaram entre si com palavras engraçadas e acenos das mãos. "Qual é seu nome?", perguntaram-lhe.

"Pearl Button."

"Quer vir conosco, Pearl Button? Nós temos coisas lindas para lhe mostrar", sussurrou uma das mulheres. Então Pearl desceu do portão e escapuliu para a rua. E saiu caminhando entre as duas mulheres morenas pela rua vazia, dando passinhos apressados para acompanhá-las e imaginando o que elas teriam na Casa de Caixas delas.

Elas andaram por muito tempo. "Está cansada?", perguntou uma das mulheres, abaixando-se até Pearl. Pearl sacudiu a cabeça. Andaram ainda mais longe. "Não está cansada?", perguntou a outra mulher. E Pearl sacudiu a cabeça novamente, mas ao mesmo tempo lágrimas caíram dos seus olhos, e seus lábios estremeceram. Uma das mulheres entregou sua cesta de linho com samambaias para a outra e pegou Pearl Button nos braços, andando com a cabeça de Pearl Button no ombro, balançando as perninhas empoeiradas. Ela era mais macia que uma cama e tinha um cheiro agradável – um cheiro que lhe dava vontade de enterrar sua cabeça e cheirar e cheirar...

Elas colocaram Pearl Button em uma sala de madeira cheia de outras pessoas da mesma cor delas – e todas essas pessoas se aproximaram e olharam para ela, balançando a cabeça, rindo e lançando os olhos para o alto. A mulher que carregou Pearl tirou o laço do cabelo dela e soltou seus cachos. As outras mulheres soltaram um grito e chegaram mais perto; algumas delas passaram os dedos pelos cachos loiros de Pearl, com muita delicadeza, e uma delas, uma jovem, levantou todo o cabelo dela, beijando sua nuca branca. Pearl sentiu-se acanhada e feliz ao mesmo tempo. Havia alguns homens no cômodo, fumando, com cobertores e tapetes de penas ao redor dos ombros. Um deles fez uma careta para ela, tirou um pêssego grande do bolso, colocou-o no chão e deu-lhe um peteleco como se fosse uma bolinha de gude. O pêssego saiu rolando até ela. Pearl agarrou-o. "Por favor, posso comê-lo?", ela perguntou. Ao que todos riram e bateram palmas, e o homem fez outra careta, tirou uma pera do bolso e rolou-a no chão até ela. Pearl riu. As mulheres sentaram-se no chão e Pearl também. O chão estava bastante empoeirado. Com muito cuidado, ela levantou o avental e o vestido e sentou-se sobre sua anágua, como tinham-na ensinado a sentar-se em lugares empoeirados, e comeu a fruta, deixando o suco escorrer por todo o seu peito.

"Ah!", disse ela com uma voz amedrontada para uma das mulheres, "derramei todo o suco!"

"Isso não importa nem um pouco", disse a mulher, acariciando seu rosto. Um homem entrou na sala com um longo chicote na mão. Ele gritou algo. Todos se levantaram gritando, rindo, cobrindo-se com toalhas, e cobertores, e tapetes de penas. Pearl foi carregada novamente, dessa vez em uma grande carroça, sentando-se no colo de uma das suas mulheres, ao lado do condutor. Era uma carroça verde com um pônei de pelo castanho e outro de pelo preto. Ela saiu da cidade muito rápido. O condutor ficou de pé e balançou o chicote acima da cabeça. Pearl olhou por cima do ombro da sua mulher. Outras carroças seguiam como em uma procissão. Ela acenou para elas. Então chegaram ao interior. Primeiramente, campos de grama curta com ovelhas, pequenos arbustos de flores brancas e cestas de roseira-brava; depois grandes árvores dos dois lados da estrada – e nada para se ver além das árvores grandes. Pearl tentou avistar através delas, mas estava muito escuro. Pássaros cantavam. Ela aconchegou-se mais no colo avantajado. A mulher era quente como um gato e movia-se para cima e para baixo quando respirava, como se ronronasse. Pearl brincava com um enfeite verde ao redor do pescoço dela, e a mulher pegou sua mãozinha, beijou cada um de seus dedos e depois virou sua mão para beijar suas dobrinhas. Pearl nunca se sentira tão feliz. No alto de uma grande colina, eles pararam. O condutor virou-se para Pearl e disse "olhe, olhe!", apontando com seu chicote.

E lá embaixo, no fundo da colina, havia algo perfeitamente diferente – um pedaço imenso de água azul rastejando sobre a terra. Ela gritou e agarrou-se à mulher grande: "O que é isso, o que é isso?"

"Ora", disse a mulher, "é o mar."

"Ele vai nos machucar – ele está vindo para cá?"

"Ai, não, ele não vem para cá. Ele é lindo. Olhe de novo."

Pearl olhou. "Tem certeza que ele não vem?", perguntou.

"Ai, não. Ele fica no lugar dele", disse a mulher grande. Ondas com pontas brancas pulavam sobre o azul. Pearl viu-as quebrar em um longo trecho de terra coberto com conchas de caminhos de jardim. Elas circundaram a borda.

Lá embaixo, perto do mar, havia algumas casas com jardins, rodeadas por cercas de madeira. Elas a deixavam mais tranquila. Roupas cor-de-rosa, vermelhas e azuis penduradas nas cercas e, à medida que se aproximavam mais, mais pessoas saíam, e cinco cachorros amarelos com caudas longas e finas. Todas as pessoas eram gordas e riam, com bebezinhos nus pendurados nelas ou rolando nos jardins como filhotinhos. Levantaram Pearl e levaram-na para uma casinha minúscula com um único cômodo e uma varanda. No interior, havia uma menina com dois feixes de cabelo negro, que iam até os pés. Ela preparava o jantar no chão. "Que lugar engraçado", disse Pearl, olhando a menina bonita enquanto a mulher desabotoava-lhe as calças. Estava faminta. Ela comeu carne, vegetais e frutas, e a mulher lhe ofereceu leite em um copo verde. Fazia muito silêncio, a não ser pelo mar lá fora e as risadas de duas mulheres que a observavam.

"Vocês não têm nenhuma Casa de Caixas?", disse ela. "Vocês não moram todas enfileiradas? Os homens não vão para escritórios? Vocês não têm coisas sujas?"

Elas tiraram seus sapatos, meias, o avental e o vestido. Ela deu algumas voltas só de anáguas e saiu, andando com a grama entrando entre os dedos dos pés. As duas mulheres saíram com diferentes tipos de cesta. Deram-lhe as mãos. Passando pelo pasto, através de uma cerca e, depois, sobre a areia quente com grama marrom, elas foram até o mar. Pearl hesitou quando a areia começou a ficar molhada, mas as mulheres a convenceram: "Nada vai machucá-la, lindinha. Venha". Elas cavaram a areia, encontraram algumas conchas e as jogaram nas cestas. A areia era tão úmida quanto bolinhos de lama. Pearl esqueceu-se do medo e começou a cavar também. Ela sentiu os pés quentes e molhados e, subitamente, uma pequena fileira de espuma apareceu sobre eles. "Aaa, aaa!", ela gritou batendo os pés: "Adorável, adorável!" Caminhou na água rasa e quente. Pegou um pouco da água, colocando as mãos em concha. Mas ela deixou de ser azul nas mãos dela. Estava tão animada que correu até sua mulher e atirou seus bracinhos magros ao redor do pescoço dela, abraçando-a, beijando-a...

De repente, a menina soltou um grito aterrorizante. A mulher levantou-se, e Pearl escorregou sobre a areia, olhando para a terra. Homenzinhos com casacos azuis – homenzinhos azuis – vinham correndo, correndo na direção dela, gritando e assobiando. Uma multidão de homenzinhos azuis para levá-la de volta à Casa de Caixas.

A VIAGEM
PARA BRUGES

"Você ainda tem quarenta e cinco minutos", disse o atendente. "Você tem quase uma hora. Coloque no guarda-volumes, senhora."

Uma família alemã, com a bagagem habilmente abotoada no que parecia um estranho par de calças de lona, preenchia todo o espaço em frente ao balcão, e um clérigo jovem e homeopático[24], o colarinho preto agitando-se sobre a camisa, acotovelava-se contra mim. Nós esperamos e esperamos, já que o atendente do guarda-volumes não conseguia se livrar da família alemã, que, por seu entusiasmo e gestos, parecia tentar explicar-lhe a vantagem de tantos botões. Finalmente, a esposa da família tomou o próprio pacote e começou a

....

24 A autora usa o termo homeopático de forma irônica, indicando que a personagem, de baixa estatura, apresentava-se em "dose homeopática". (N. do T.)

desabotoá-lo. Dando de ombros, o atendente virou-se para mim. "Para onde?", perguntou ele.

"Ostende[25]."

"Por que está colocando sua bagagem aqui?"

"Porque tenho muito tempo para esperar", respondi.

Ele gritou: "O trem parte às duas e vinte. Não adianta trazê-la para cá. Ei, você aí, junte mais isso aqui!"

Meu carregador obedeceu. O jovem clérigo, que ouvia e observava, sorriu-me radiante. "O trem já chegou", disse ele, "já está parado na plataforma. Você só tem alguns instantes, sabia?" Minha sensibilidade vislumbrou um sinal no seu olhar. Corri até a banca. Quando voltei, tinha me perdido do meu carregador. No insuportável calor, corri por toda a plataforma. Todos os viajantes pareciam ter um carregador e um carrinho consigo, exceto eu. Selvagens e odiosos, eu os via observando-me com aquela deliciosa satisfação de ver alguém com mais calor que eles. "Pode-se ter um ataque correndo com um clima desses", disse uma dama corpulenta, comendo uvas como presente de despedida. Então, fui informado de que o trem ainda não havia chegado. Estivera correndo para todo lado no embarque do expresso para Folkestone[26]. Em uma outra plataforma, encontrei meu carregador sentado na minha mala.

---

25 Ostende é a maior cidade costeira da Bélgica, banhada pelo Mar do Norte. (N. do T.)

26 Cidade a sudeste da Inglaterra, localizada na costa do Canal da Mancha. (N. do T.)

"Sabia que estava me procurando", disse ele alegremente. "Quase fui interrompê-lo. Já o tinha visto daqui."

Joguei-me em um vagão de fumantes com quatro jovens, dois dos quais se despediam de um rapaz pálido com uma bengala. "Bom, adeus, velho amigo. Extremamente gentil de sua parte ter vindo. Sabia que viria. O bom e velho relaxado de sempre. Agora, preste atenção, quando voltarmos vamos fazer uma noitada. O quê? Excelente você ter vindo, meu velho", falou um deles, entusiasmado, e, assim que o trem começou a balançar para fora da estação, virou-se para seu companheiro e disse: "Sujeito terrivelmente atencioso, mas – por Deus – que enfadonho!" O companheiro, vestido com marrom da cabeça aos pés, incluindo as meias e o cabelo, sorriu gentilmente. Acho que seu cérebro deveria ser da mesma cor: ele parecia um ouvinte tão meigo e compreensivo. No canto oposto ao meu, havia um belo jovem francês com cabelos encaracolados, de cuja corrente do relógio balançavam um peixe prateado, um anel, um sapato de prata e uma medalha. Ele olhou pela janela durante todo o tempo, contraindo levemente o nariz. Do outro passageiro não se podia ver nada por detrás de sua bagagem, além dos sapatos caramelo e uma cópia da edição de verão da *The Snark's*[27].

"Veja bem, meu velho", disse o Entusiasmado, "quero

---

27   A autora refere-se à revista *The Snark Starr Wood's Summer Annual,* uma compilação anual de desenhos e histórias cômicas, em circulação na Inglaterra no começo do século XX. (N. do T.)

mudar todos os nossos destinos. Os preparativos que você fez – quero eliminá-los completamente. Você se importa?"

"Não", disse o Marrom, baixinho. "Mas por quê?"

"Bom, estava pensando sobre o assunto na cama ontem à noite, e que o diabo me leve se eu conseguir ver algo de bom em pagarmos quinze xelins sem precisar. Entende o que quero dizer?" O Marrom tirou seu pincenê e o assoprou. "Veja bem, não quero preocupá-lo", continuou o Entusiasta, "porque, afinal, o evento é seu – foi você quem me convidou. Não o estragaria por nada nesse mundo, mas... aí está. Entende o porquê?"

O Marrom sugeriu: "Temo que as pessoas me critiquem por levá-lo para o estrangeiro".

Imediatamente, o outro lembrou-lhe como era cobiçado. De todos os lugares, pessoas com a agenda completa por todo o mês de agosto escreveram-lhe, implorando por sua presença. Ele apertou o coração do Marrom enumerando os ansiosos estabelecimentos e as cadeiras vazias espalhadas por toda a Inglaterra, até o Marrom ponderar entre chorar e ir dormir. Decidiu-se pelo último.

Foram todos dormir, exceto o jovem francês, que tirou uma pequena edição de bolso do casaco, pousando-a sobre o joelho enquanto vislumbrava os campos quentes e empoeirados. O trem parou em Shorncliffe. Silêncio absoluto. Não havia nada para ver além de um grande e pálido cemitério. Uma vista esplêndida sob o sol do fim da tarde, com seus anjos de mármore em tamanho natural parecendo liderar um piquenique melancólico dos falecidos de Shorncliffe sobre os campos amarronzados. Uma borboleta branca voou sobre a linha do trem. Enquanto nos arrastávamos para fora da estação, vi um pôster anunciando o *Athenaeum*[28]. O Entusiasmado grunhiu, bocejou e sacudiu o corpo para despertar, chacoalhando o dinheiro que tinha nos bolsos da calça. Golpeou o Marrom nas costelas. "Olhe só, estamos quase lá! Você pode tirar meus horrorosos tacos de golfe do compartimento de bagagens?" Meu coração tinha pena do futuro próximo do Marrom, mas ele estava feliz e ofereceu-se para procurar um carregador para mim em Dover, prendendo meu guarda-sol aos meus cobertores. Vimos o mar. "Vai estar bastante agitado", disse o Entusiasmado, "o mar lhe dá dor de cabeça, não é? Veja só, sei de uma dica para o enjoo, é simples: você se deita de barriga para cima – bem estendido –, cobre o rosto e não come nada além de biscoitos."

"Dover!", gritou um guarda.

Ao atravessar a prancha de embarque, renunciamos à Inglaterra. Mesmo a mais típica dama britânica exibiria seu bocado de francês: pedíamos licença uns aos outros no convés com *s'il vous plaît*, nas escadas agradecíamos com *merci* e, no salão, nos desculpávamos sinceramente com *pardon*[29]. A arrumadeira estava no fundo das escadas, uma mulher robusta

---

28   Revista literária semanal publicada em Londres entre 1828 e 1921. (N. do T.)

29   Respectivamente "por favor", "obrigado" e "perdão", em francês. (N. do T.)

e ameaçadora, cheia de cicatrizes, com as mãos escondidas sob um avental parecido com um uniforme. Ela respondeu aos nossos cumprimentos com uma indiferença calculada, marcando mentalmente suas presas. Desci à cabine para tirar meu chapéu. Uma velha senhora já havia se instalado.

Ela sentara-se em um sofá branco e rosa com um xale preto enrolado ao redor dela, abanando-se com um leque de penas pretas. Metade de seus cabelos grisalhos estava coberta por um chapéu rendado, e seu rosto refletia o brilho do drapeado preto e das almofadas cor-de-rosa com a dignidade encantadora do velho mundo. Ao seu redor, pairava um leve murmúrio e um perfume de cânfora e lavanda. Enquanto eu a observava, pensando em Rembrandt e, por alguma razão, em Anatole France, a arrumadeira apareceu, instalou um banquinho de lona perto da velha senhora, abriu um jornal sobre ele e começou a bater em um recipiente parecido com uma assadeira...

Subi para o convés. O mar estava verde-claro, cheio de ondas. Todas as beldades e flores artificiais da França tinham removido seus chapéus e atado suas cabeças a véus. Alguns jovens rapazes alemães passeavam, mostrando sua corpulência pátria em ternos de cores claras cortados como pijamas. Grupos de famílias francesas – as mulheres nas cadeiras, os homens em poses graciosas apoiados no gradil do navio – já conversavam com aquele fulgor típico da discórdia! Encontrei, em um canto, uma cadeira encostada em uma divisória branca, mas, infelizmente, nela havia uma janela cujo único objetivo era oferecer diversão ilimitada para os curiosos, que espiavam através dela e observavam os espíritos corajosos e destemidos que avançavam "à frente" e eram ensopados e fustigados pelas ondas. Na primeira meia hora, a agitação de ficar encharcado, implorar para não ser levado, lançar-se a pontos perigosos, voltar e alguém o secar foi cativante. Depois, tornou-se enfadonho – os grupos deixaram-se levar pelo silêncio. Era possível vê-los olhando fixamente para o oceano – bocejando. Começaram a sentir-se frios e irritados. De repente, uma jovem dama com um capuz branco de lã com laços cor de cereja levantou-se de sua cadeira e balançou-se sobre os gradis. Nós a observavamos, levemente solidários. O rapaz com quem ela estava sentada chamou-a.

"Está melhor?"

Ela negou com a cabeça.

Ele sentou-se na cadeira. "Gostaria que eu segurasse sua cabeça?"

"Não", disseram seus ombros.

"Gostaria que a cobrisse com um casaco?... Acabou?... Vai ficar aí?"... Ele olhava para ela com uma amabilidade infinita. Decidi nunca mais chamar os homens de insensíveis e acreditar no alto poder de conquista do amor até morrer – mas nunca o colocaria à prova. Desci para dormir.

Deitei-me do lado contrário ao da velha senhora e fiquei observando as sombras girando sobre o teto e os respingos das ondas brilhando nas escotilhas.

Mesmo na mais curta viagem em alto-mar, perde-se a noção de tempo. Você permanece na cabine por horas, ou dias ou anos. Ninguém sabe nem se importa. Você conhece todas as pessoas a ponto de tornar-se indiferente. Você deixa de acreditar na terra firme – você é pego no próprio pêndulo e deixa-se levar, oscilando preguiçosamente. A luz diminuiu.

Adormeci e despertei com a arrumadeira me chacoalhando. "Vamos chegar em dois minutos", disse ela. Damas desamparadas, libertadas dos braços de Netuno, ajoelhavam-se no chão, procurando por seus sapatos e grampos de cabelo – apenas a velha e digna senhora encontrava-se estática, abanando-se. Olhou para mim e sorriu.

"*Grâce de Dieu, c'est fini*[30]", falou com uma voz tão trêmula e fina que parecia se equilibrar em um fio de renda.

Levantei os olhos. "*Oui, c'est fini!*"

"*Vous allez à Strasbourg, madame?*[31]"

"Não", eu disse. "Bruges."

"Que pena", disse ela fechando seu leque e a conversa. Não consegui descobrir o porquê, mas me vi talvez viajando no mesmo vagão de trem que ela, envolvendo-a no xale preto, e visualizei-a apaixonando-se por mim e deixando-me quantias ilimitadas de dinheiro e velhos rendados... Essas ideias sonolentas perseguiram-me até chegar ao convés.

---

30 "Graças a Deus, acabou", em francês. (N. do T.)

31 "A senhora vai para Estrasburgo?", em francês. (N. do T.)

O céu estava azul-escuro e muitas estrelas brilhavam: nosso naviozinho elevava-se negro e nítido no tempo aberto. "Está com as passagens?... Sim, eles querem as passagens... Mostrem suas passagens!"... Fomos espremidos no passadiço e guiados até a alfândega, onde carregadores colocavam nossas bagagens sobre longas placas de madeira, e um velho de óculos os supervisionava sem dizer uma palavra.

"Siga-me!", gritou a criatura com aparência de vilão, a quem eu havia concedido meus bens mundanos. Ele saltou sobre um trilho de trem, e eu pulei atrás dele. Ele correu por uma plataforma, desviando de passageiros e carrinhos de frutas, com a segurança de um personagem cinematográfico. Reservei um assento e fui comprar frutas em uma banquinha que exibia uvas e ameixas[32]. A velha senhora estava lá, apoiando-se no braço de um homem loiro e corpulento, vestido de branco, com uma gravata esvoaçante. Acenamos com a cabeça.

"Compre-me", disse ela com sua voz delicada, "três sanduíches de presunto, *mon cher*[33]!"

"E alguns bolos", disse ele.

"Sim e talvez uma garrafa de limonada."

"Romance é um demônio!", pensei eu subindo no vagão.

---

32   No original, *greengage*, fruta nativa do Irã. A tradução para o português europeu é "ameixa rainha-cláudia". Optou-se pela versão simplificada por não haver equivalente no Brasil. (N. do T.)

33   "Meu caro" ou "meu querido", em francês. (N. do T.)

O trem chacoalhou pela estação afora; o vento, soprando pelas janelas abertas, cheirava a folhas frescas. Súbitos focos de luz apareciam na escuridão. Quando cheguei a Bruges, os sinos tocavam, e a luz misteriosa e pálida da lua brilhava na Grand Place.

A MULHER
NA LOJA

Durante todo o dia o calor esteve terrível. O vento soprava próximo ao chão; mesclava-se com o capim tufado[34] e deslizava pela estrada de tal maneira que o pó das pálidas pedras-pomes rodopiava em nosso rosto, salpicando-se e assentando sobre nós como um pedaço de pele ressecada ansioso por tomar nosso corpo. Os cavalos avançavam hesitantes, tossindo e bufando. Nossa besta estava doente – com uma grande ferida aberta na barriga. Volta e meia ela parava, jogava a cabeça para trás, nos olhava como se estivesse prestes a chorar e gemia. Centenas de cotovias guinchavam; o céu lembrava um quadro-negro, e o som das cotovias parecia um giz que arranha sua superfície. Não havia nada para ver além de onda após onda de capim tufado, com pedaços

---

34 Capim tufado ou capim tussok é uma espécie de capim que cresce em arbustos, típico de regiões desérticas e de savanas. (N. do T.)

de orquídeas púrpura e arbustos de manuka[35] com grossas teias de aranha.

Jo ia na frente. Ele vestia uma camisa de algodão azul, calças de veludo e botas de montaria. Um lenço branco, manchado de vermelho – parecia que seu nariz sangrara nele –, estava amarrado ao redor de sua garganta. Tufos de pelo branco despontavam sob o chapéu de abas largas – o bigode e as sobrancelhas poderiam ser chamados de brancos – e ele se curvava sobre a sela, resmungando. Não tinha cantado nem uma única vez naquele dia.

"Eu não me importo, pois, vê se me entende,
Minha sogra estava na minha frente![36]"

Em um mês, era o primeiro dia que passávamos sem a cantoria, e agora parecia haver algo assombroso em seu silêncio. Jim montava ao meu lado, branco como um palhaço; seus olhos negros cintilavam, e a todo momento ele colocava a língua para fora e molhava os lábios. Ele usava um colete caçador e um par de calças de lona azul, apertadas ao redor da cintura com um cinto de couro trançado. Mal nos falamos desde o amanhecer. Ao meio-dia, tínhamos almoçado biscoitos de passas e damascos, ao lado de um córrego pantanoso.

....

35 Espécie de árvore nativa da Nova Zelândia e do sudeste da Austrália. (N. do T.)

36 *"I don't care, for don't you see, / My wife's mother was in front of me!"*, no original. (N. do T.)

"Meu estômago parece o bucho de uma galinha", disse Jo. "Então, Jim, você é o garoto-prodígio do grupo – onde está essa loja de que você fala tanto? 'Ah, claro', você vive dizendo, 'eu conheço uma loja fina, com pasto para os cavalos perto de um riacho, de propriedade de um amigo meu, que lhe oferece uma garrafa de uísque antes mesmo de apertar sua mão.' Gostaria de ver esse lugar – por mera curiosidade. Não que eu duvide da sua palavra – como você sabe muito bem –, mas..."

Jim riu. "Não se esqueça que há uma mulher também, Jo, com olhos azuis e cabelos loiros, que lhe oferecerá algo mais antes de apertar sua mão. Melhor ouvir isso que ser surdo."

"O calor o está deixando maluco", disse Jo. E afundou os joelhos no lombo do cavalo.

Prosseguimos lentamente. Quase adormeci e tive uma espécie de sonho inquietante, em que os cavalos não avançavam. Depois montava em um cavalinho de balanço, e minha velha mãe ralhava comigo por ter levantado tanta poeira no carpete da sala de estar. "Você arruinou todo o desenho do carpete", eu a ouvia dizer, e ela puxava as rédeas do cavalo. Eu soluçava quando acordei com Jim curvado sobre mim, sorrindo malicioso.

"Foi quase", disse ele. "Mas consegui pegar você. O que aconteceu? Dormiu?"

"Não!" Levantei minha cabeça. "Graças a Deus estamos chegando a algum lugar."

Estávamos no topo da colina e, abaixo de nós, havia uma cabana com teto de zinco. Encontrava-se no meio de um jardim, bastante afastada da estrada – do outro lado, um pasto, um riacho e um conjunto de salgueiros jovens. Um rastro fino de fumaça azul saía da chaminé da cabana e, enquanto eu olhava, uma mulher saiu do seu interior, seguida por uma criança e um cão pastor – ela carregava algo que me pareceu uma bengala preta. Ela acenou em nossa direção.

Os cavalos esforçaram-se para um último impulso, Jo tirou o chapéu, gritou, inspirou profundamente e começou a cantar: "*Eu não me importo, pois vê se me entende...*" O sol empurrou as nuvens pálidas e irradiou uma luz intensa sobre a cena. Ela brilhou sobre os cabelos loiros da mulher, sobre seu avental esvoaçante e sobre o rifle que ela carregava. A criança escondeu-se atrás dela, e o cachorro amarelo, um animal sarnento, escapuliu de volta para a cabana com o rabo entre as pernas. Nós puxamos as rédeas e apeamos.

"Olá", gritou a mulher. "Pensei que fossem três falcões. Minha filha chegou correndo para mim. 'Mamãe', diz ela, 'tem três coisas marrons chegando na colina', diz ela. E eu, dando uma de esperta, conto para ela: 'Devem ser falcões', eu falo para ela. Ah, o que tem de falcões por essas bandas, vocês não acreditam."

A "filha" nos agraciou com um olho por detrás do avental da mulher – e então se escondeu novamente.

"Onde está seu marido?", perguntou Jim.

A mulher piscou rapidamente, amarrando a cara.

"Saiu para tosquiar. Já faz um mês. Suponho que não vão parar, vão? Tem uma tempestade a caminho."

"Vamos, com certeza", disse Jo. "Quer dizer que a senhora está sozinha?"

Ela ficou parada, dobrando as pregas do avental e olhando ora para um de nós, ora para o outro, como um pássaro faminto. Sorri quando lembrei-me de como Jim havia provocado Jo ao falar dela. Seus olhos certamente eram azuis, e o cabelo que lhe restava era loiro, mas horrendo. Ela era uma figura cômica. Olhando para ela, parecia não haver nada além de gravetos e arames sob aquele avental – seus dentes da frente tinham caído, ela tinha mãos vermelhas e roliças e calçava um par de sapatos masculinos sujos.

"Vou colocar os cavalos para pastar", disse Jim.

"Tem algum unguento? A besta se machucou feio!"

"Um minuto!" A mulher ficou em silêncio por um momento, as narinas dilatando-se enquanto respirava. Então gritou com violência. "Prefiro que não parem... Vocês não têm minha permissão e ponto final. Não alugo mais esse pasto. Vocês têm que continuar; não tenho nada!"

"Ora, valha-me Deus!", disse Jo, aborrecido. Ele me puxou para o lado. "Está ficando meio maluca", sussurrou. "Vive muito sozinha, sabe", disse com gravidade. "Mostre-lhe um pouco de empatia e ela muda de ideia fácil, fácil." Mas não houve necessidade – ela mudou de ideia por si só.

"Parem se quiserem!", resmungou dando de ombros. E para mim: "Empresto-lhe o unguento se me acompanhar".

"Certo, eu levo para eles." Subimos juntos pela trilha

do jardim. Havia plantações de repolho dos dois lados. Eles cheiravam a água de louça suja amanhecida. Flores, só havia papoulas duplas e barbatus[37]. Um pequeno canteiro era separado por pauas[38], provavelmente pertencente à criança – já que ela se desvencilhou da mãe e começou a cavoucar a terra com um pregador de roupas quebrado. O cachorro amarelo estava deitado na soleira da porta, mordendo suas pulgas; a mulher chutou-o para fora.

"Saia do caminho, seu animal. O lugar não está arrumado. Não tive tempo de organizar nada hoje – estive passando a ferro. Entre."

Era uma sala grande, com as paredes cobertas de velhas páginas de jornais ingleses. *O Jubileu da Rainha Vitória* parecia ser a edição mais recente. Havia uma mesa com uma bacia e a tábua de passar roupas, algumas fôrmas de madeira, um sofá preto de crina de cavalo e algumas cadeiras de vime quebradas encostadas nas paredes. A prateleira sobre o fogão estava forrada com papel cor-de-rosa e decorada com ervas secas e um retrato colorido de Richard Seddon[39]. Havia quatro portas – uma, a julgar pelo odor, levava à "loja", outra ao "quintal" e, pela terceira, vi o quarto. Moscas zumbiam em círculos ao redor do teto, papéis mata-moscas e punhados de cravos secos estavam presos às cortinas da janela.

....

37 Espécie de cravo, nativo do sul da Europa e partes da Ásia. (N. do T.)

38 Conchas ornamentais usadas pelo povo Maori, nativo da Nova Zelândia, também conhecidas como abalone. (N. do T.)

39 Richard John Seddon (1845-1906) foi um político neozelandês e primeiro-ministro de seu país de 1893 até sua morte. (N. do T.)

Fiquei sozinho na sala; ela tinha ido à loja procurar o unguento. Ouvi seus passos pesados por todo lado enquanto ela resmungava para si mesma: "Sei que está aqui, mas onde eu pus aquele frasco? Está atrás dos picles; não, não está". Limpei um pedaço da mesa e sentei-me nela, balançando as pernas. Podia ouvir Jo cantando no pasto e o som das marteladas de Jim, enterrando as estacas da barraca. O sol se punha. Não há crepúsculo nos nossos dias neozelandeses, mas uma estranha meia hora onde tudo parece grotesco – e amedrontador – como se o espírito selvagem do campo andasse por aí e sorrisse com desdém do que via. Sentado sozinho naquela sala horrenda, tive medo.

A mulher do outro lado da porta estava demorando para achar aquela porcaria. O que estaria fazendo lá? Nesse mesmo instante, ouvi suas mãos batendo no balcão, depois ela gemeu timidamente, tossiu e pigarreou. Quis gritar "vamos com isso!", mas fiquei calado.

"Deus do céu, que vida!", pensei. "Imagine viver aqui, todo santo dia, com essa criança irritante e um cachorro sarnento. Imagine ter que se preocupar em passar a ferro. Louca, com certeza ela é louca! Há quanto tempo será que ela está aqui – será que consigo convencê-la a me falar?"

Nesse momento, sua cabeça apareceu na porta.

"O que era mesmo que vocês queriam?", ela perguntou.

"Unguento."

"Ah, tinha esquecido. Aqui está, estava na frente dos potes de picles."

Ela me passou o frasco.

"Nossa, você parece cansado, parece sim! Devo assar alguns bolinhos para a ceia! Tem língua na loja também e, se gostar, cozinho um pouco de repolho."

"Certo." Sorri para ela. "Desça comigo até o pasto e traga a criança para o chá."

Ela balançou a cabeça, apertando os lábios.

"Ah, não. Não gosto de chá. Vou mandar a menina com as coisas e um bule de leite. Devo fazer alguns bolinhos a mais para vocês levarem amanhã?"

"Obrigado."

Ela parou ao lado da porta.

"Quantos anos tem a criança?"

"Seis – vai completar no próximo Natal. Tive bastante dificuldade com ela, com certeza. Não tinha nenhum leite até um mês depois de ela nascer, e ela adoeceu como uma vaca."

"Ela não se parece com você – puxou ao pai?"

Assim como gritara antes, ao nos negar acolhida, gritou novamente comigo.

"Não, não puxou! Ela é a minha cara. Qualquer tolo pode ver isso. Entre logo, Else, pare de mexer com a terra."

Encontrei Jo pulando a cerca do pasto.

"O que a velha megera tem na loja?", ele perguntou.

"Não sei – não vi."

"Mas que tolice. Jim já estava xingando você. O que você ficou fazendo esse tempo todo?"

"Ela não conseguia achar esse troço. Ah, que medo, como você está alinhado!"

Jo tinha se lavado, penteado o cabelo molhado, dividindo-o sobre a testa, e vestido um casaco por cima da camisa. Ele sorriu.

Jim arrancou o unguento das minhas mãos. Fui até o limite do pasto onde os salgueiros cresciam e banhei-me no riacho. A água era límpida e suave como óleo. Na beirada, segura pela grama e pelos juncos, uma espuma branca borbulhava e rolava. Deitei-me na água e olhei para as árvores, que ficaram imóveis por um instante, estremeceram levemente e voltaram a parar. O ar tinha cheiro de chuva. Esqueci-me da mulher e da criança até voltar para a barraca. Jim estava deitado ao lago do fogo, olhando a panela ferver.

Perguntei onde estava Jo e se a criança tinha trazido nossa ceia.

"Pfff", disse Jim, virando-se e olhando para o céu. "Você não viu como Jo andou se embonecando? Ele me disse antes de subir para a cabana: 'Que diacho! Ela deve parecer melhor à luz da noite – de qualquer forma, dane-se, é carne de fêmea!'"

"Você enganou Jo a respeito da aparência dela – a mim, também!"

"Não – preste atenção. Não consigo entender. Faz quatro anos desde que tinha passado por essas bandas e parei aqui por dois dias. O marido tinha sido um colega meu, lá pelos lados da costa oeste – um sujeito grande, agradável, com uma voz que parecia um trombone. Ela servia drinques lá na costa – bonita como uma boneca de cera. Uma carruagem costumava passar por aqui a cada duas semanas, isso foi antes de eles abrirem a ferrovia lá pelos lados de Napier[40], e ela se divertia como nunca! Ele me contou uma vez em segredo que ela sabia cento e vinte e cinco formas de beijar!"

"Ah, francamente, Jim! Essa não é a mesma mulher!"

"Claro que é, só não consigo entender o que aconteceu. Acho que o velho deu no pé e largou-a, e não aquela baboseira de tosquiar. Que bela vida! As únicas pessoas que passam por aqui agora são Maoris e vagabundos!"

No meio da escuridão, vimos o brilho do avental da criança. Ela vinha com uma cesta em uma mão e o bule de leite na outra. Esvaziei a cesta com a menina ao meu lado, em pé.

"Venha aqui", disse Jim, estalando os dedos para ela.

Ela foi, e o lampião de dentro da barraca a iluminou. Uma pirralha raquítica, esfarrapada, com cabelos esbranquiçados e olhos doentios. Ela ali ficou, com as pernas afastadas e a barriga proeminente.

"O que você faz o dia todo?", perguntou Jim.

Ela raspou uma lágrima com o dedinho, olhou para o resultado e disse: "Desenho".

"Hã! O que você desenha? Pare de mexer nas orelhas!"

"Quadros!"

---

40   Cidade na ilha norte da Nova Zelândia. (N. do T.)

"Em quê?"

"Pedaços de papel-manteiga e um lápis da minha mamãe."

"Ó! Quantas palavras de uma vez só!" Jim virou-lhe os olhos. "Béé-ovelhas e muu-vacas?"

"Não, tudo. Vou desenhar vocês todos quando forem embora, e seus cavalos, e a barraca, e aquele ali" – ela apontou para mim – "sem roupas no riacho. Eu olhei para ela de onde ela não podia me ver."

"Muito obrigado. Que supimpa da sua parte", disse Jim. "Onde está o papai?"

A criança fez bico. "Não vou contar porque eu não gosto da sua cara!" Ela começou procedimentos na outra orelha.

"Aqui", disse eu. "Pegue a cesta, leve-a para casa e diga para o outro homem que a ceia está pronta."

"Eu não quero."

"Dou-lhe um tapa na orelha se não for", disse Jim, agressivo.

"Ui! Vou contar para a mamãe. Vou contar para a mamãe." A criança fugiu.

Comemos até ficarmos cheios e começamos a fumar antes de Jo voltar, muito vermelho e animado, com uma garrafa de uísque na mão.

"Tomem um trago – vocês dois!", ele gritou e ordenou com um tom ditatorial: "Aqui, juntem as xícaras".

"Cento e vinte e cinco formas diferentes", murmurei para Jim.

"O que é isso? Ah! chega!", disse Jo.

"Por que você sempre destila seu veneno em mim? Você joga conversa fora igualzinho a uma criança na festa da escola dominical. Ela quer que a gente suba hoje à noite, para jogar conversa fora com ela. Eu...", ele acenou alegremente com a mão, "...eu a convenci."

"Tinha certeza que conseguiria", riu Jim. "Mas ela lhe disse onde foi que o marido se meteu?"

Jo olhou para cima. "Foi tosquiar! Você a ouviu, seu tolo!"

A mulher tinha arrumado a sala e chegou até mesmo a colocar um buquê de barbatus na mesa. Ela e eu sentamos a um lado da mesa, em frente a Jo e Jim. Entre nós, uma lamparina a óleo, a garrafa de uísque, copos e uma jarra d'água. A criança ajoelhou-se em uma das fôrmas, desenhando em papel-manteiga; imaginei, sombrio, se ela tentava recriar a cena no riacho. Mas Jo estava certo a respeito da luz da noite. O cabelo da mulher estava enrolado — dois pontos vermelhos reluzentes nas bochechas —, seus olhos brilhavam — e nós sabíamos que eles estavam roçando os pés sob a mesa. Ela tinha trocado o avental azul por um paletó branco de algodão e uma saia preta.

A criança estava arrumada a ponto de ostentar um laço de cetim azul no cabelo. Na sala sufocante, com as moscas zumbindo no teto e caindo em cima da mesa, ficamos lentamente bêbados.

"Me escutem agora", gritou a mulher, batendo com o punho na mesa. "Faz seis anos que me casei e tive quatro abortos. Eu digo para ele, eu digo, o que você pensa que eu estou fazendo aqui? Se você estivesse lá na costa, já teriam--no linchado por assassinato de crianças. Falei para ele um monte de vezes – você acabou com as minhas ambições e arruinou minha beleza e para quê? É isso que eu quero dizer." Ela apertou a cabeça com as mãos e olhou-nos fixamente. Falando rapidamente: "Ah, alguns dias – meses – eu ouço essas duas palavras estremecendo dentro de mim o tempo todo – 'para quê?' Às vezes estou cozinhando batatas e levanto a tampa para ver se estão boas e ouço, de repente, mais uma vez, 'para quê?' Ah, não quero dizer as batatas e a criança – quero dizer, que-quero dizer", ela soluçou, "você sabe o que eu quero dizer, sr. Jo".

"Eu sei", disse Jo coçando a cabeça.

"O problema comigo é", ela se inclinou sobre a mesa, "ele me deixava muito sozinha. Quando a carruagem parou de vir, às vezes ele sumia por dias, às vezes sumia por semanas e me deixava cuidando da loja. E ele voltava – alegre feito Punch[41]. 'Ah, olá,' ele dizia. 'Como você está indo? Venha me dar um beijo.' Às vezes, ele ficava mau e explodia novamente e, então, se eu aceitasse sem problemas, ele esperava

---

41 *Mister Punch* ("Senhor Punch") é uma marionete de um espetáculo itinerante chamado *Punch and Judy*, famoso na Inglaterra e em toda a comunidade britânica desde o século XVII. (N. do T.)

até poder me seduzir de novo e dizia: 'Bom, até mais, lá vou eu'. E vocês acham que eu podia continuar com ele? Eu não!"

"Mamãe", baliu a criança, "eu fiz um quadro deles na colina, e você e eu, e o cachorro lá embaixo."

"Cala a boca!", disse a mulher.

O nítido clarão de um relâmpago iluminou a sala – ouvimos o murmúrio de um trovão.

"Que bom que começou", disse Jo. "Estava com ela na cabeça há três dias."

"Onde está seu marido agora?", perguntou Jim, lentamente.

A mulher começou a chorar, deixando cair a cabeça na mesa. "Jim, ele foi tosquiar e me deixou sozinha de novo", ela gemeu.

"Cuidado com os copos", disse Jo. "Anime-se, tome outro gole. Não vale a pena chorar sobre marido derramado! Ei, Jim, seu louco maldito!"

"Sr. Jo", disse a mulher, secando os olhos na franja do paletó. "Você é um cavalheiro e, se eu fosse uma mulher misteriosa, contaria todos os meus segredos. Não me importo de brindar a isso."

A cada instante os relâmpagos ficavam mais e mais claros, e os trovões pareciam mais próximos. Jim e eu ficamos em silêncio – a criança não saía do seu banquinho. Ela punha a língua para fora e soprava no papel enquanto desenhava.

"É a solidão", disse a mulher para Jo – ele olhava para

ela com carinho –, "e ficar presa aqui como uma galinha choca." Ele esticou a mão através da mesa para segurar a dela e, apesar de a posição parecer muito desconfortável sempre que queriam pegar mais uísque e água, mantiveram as mãos juntas como se estivessem coladas. Afastei minha cadeira e fui até a criança, que se sentou sobre seus feitos artísticos imediatamente, fazendo uma careta para mim.

"Você não pode ver", ela disse.

"Ah, por favor, não seja má!" Jim aproximou-se de nós dois, e estávamos bêbados o bastante para persuadir a garota a mostrar os desenhos. Eles eram extremamente vulgares e repulsivos. As criações de uma lunática com a inteligência de uma lunática. Não havia dúvidas, a mente da criança era doente. Enquanto ela os exibia, entrou em um estado de excitação insana, rindo, tremendo e sacudindo os braços.

"Mamãe", ela gritou. "Agora vou desenhar para eles o que você me disse que eu nunca poderia desenhar – agora eu vou."

A mulher irrompeu da mesa e bateu na cabeça da criança com a palma da mão.

"Vou espancar você com suas roupas enroladas se você ousar dizer isso de novo", berrou ela.

Jo estava bêbado demais para perceber, mas Jim segurou-a pelo braço. A criança não emitiu nenhum grito. Ela zanzou até a janela e começou a pegar moscas do papel mata-moscas.

Voltamos para a mesa — Jim e eu de um lado, a mulher e Jo, roçando os ombros, do outro. Ouvimos o trovão, dizendo estupidamente "esse foi perto", "lá vem outro", e Jo, empolgado, "agora vai", "devagar com o andor", até a chuva começar a cair, brusca como uma bala de canhão no teto de zinco.

"É melhor vocês passarem a noite aqui", disse a mulher.

"Está certo", assentiu Jo, claramente ciente da jogada.

"Tragam suas coisas da barraca. Vocês dois podem passar a noite na loja com a criança — ela está acostumada a dormir lá e não vai se importar com vocês."

"Ah, mamãe, nunca dormi lá", interrompeu a menina.

"Pare de mentir! E o sr. Jo pode ficar nesta sala."

Parecia uma disposição ridícula, mas era inútil tentar argumentar com eles, já tinham bebido demais. Enquanto a mulher esquematizava seu plano de ação, Jo permanecia sentado, excepcionalmente sério e vermelho, os olhos esbugalhados, puxando os fios do bigode.

"Empreste-nos uma lanterna", disse Jim, "vou descer até o pasto." Fomos nós dois juntos. A chuva atingiu nosso rosto, o campo estava iluminado como se assolado por um incêndio. Nos comportamos como dois meninos soltos no meio de uma aventura, rimos, gritamos um com o outro e encontramos a criança já acomodada no balcão da loja quando voltamos para a cabana.

A mulher nos trouxe um lampião. Jo pegou suas coisas com Jim, a porta foi fechada.

"Boa noite a todos", gritou Jo.

Jim e eu sentamos em dois sacos de batatas. Não conseguíamos parar de rir por nada desse mundo. Réstias de cebolas e presuntos cortados pela metade pendiam do teto. Onde quer que olhássemos havia anúncios do *Camp Coffee*[42] e de carnes enlatadas. Nós apontávamos para eles, tentávamos lê-los em voz alta – derrotados por risadas e soluços. A criança no balcão nos encarava. Ela arremessou seu cobertor e engatinhou até o chão, ficando em pé com sua camisola de flanela cinza, esfregando uma perna na outra. Não lhe demos atenção.

"Do que vocês estão rindo?", disse ela, nervosa.

"De você!", gritou Jim. "Da sua cara vermelha, minha menina."

Ela teve um acesso de fúria e começou a se debater. "Não vão rir de mim, seus maldi... vocês." Ele agarrou a criança e colocou-a no balcão.

"Vá dormir, senhorita espertinha, ou faça um desenho – aqui tem um lápis –, você pode usar o livro de caixa da mamãe."

Mesmo com o barulho da chuva, ouvimos o ranger de

---

42   Xarope concentrado de café produzido na Escócia desde 1876. (N. do T.)

Jo andando no assoalho da sala ao lado – o barulho de uma porta se abrindo e depois se fechando.

"É a solidão", sussurrou Jim.

"Cento e vinte e cinco formas – ai de mim! Coitado do meu irmão!"

A criança arrancou uma folha e atirou-a em mim.

"Aí está", disse ela. "Agora fiz só para me vingar da mamãe por calar a minha boca quando estava lá com vocês dois. Fiz o que ela me disse que nunca deveria. Fiz o que ela me disse que iria atirar em mim se fizesse. Não me importo! Não me importo!"

A criança tinha desenhado a mulher atirando em um homem com uma espingarda de caça e depois cavando um buraco para enterrá-lo.

Ela pulou do balcão e ficou se contorcendo no chão, roendo as unhas.

Jim e eu ficamos sentados até o amanhecer com o desenho do nosso lado. A chuva parou, a criança adormeceu, respirando fundo. Nos levantamos, saímos da cabana sorrateiramente, descemos até o pasto. Nuvens brancas flutuavam em um céu cor-de-rosa – uma brisa fria soprava; o ar cheirava a grama molhada. No instante em que subimos na sela, Jo saiu da cabana – acenou para que não parássemos.

"Alcanço vocês depois", gritou.

Uma curva na estrada e o lugar todo desapareceu.

A JOVEM GOVERNANTA

Ó, Deus, como ela queria que não fosse noite. Ela preferia muito mais viajar de dia, mil vezes mais. Mas a senhora da Agência de Governantas dissera:

"Se você tomar o navio noturno e reservar o vagão só para mulheres no trem, estará muito mais segura do que se dormir em um hotel estrangeiro. Não saia do vagão nem perambule pelos corredores e assegure-se de trancar a porta do lavatório se for usá-lo. O trem chega a Munique às oito horas da manhã e *Frau*[43] Arnholdt disse que o Hotel Grunewald fica a um minuto da estação. Um carregador de bagagens pode levá-la. Ela chegará às seis horas da tarde, então você terá um dia tranquilo para descansar depois da viagem e treinar seu alemão. Quando você quiser algo para

---

43 "Senhora", em alemão. (N. do T.)

comer, eu sugiro ir até a padaria mais próxima e comprar pão doce e café. Você nunca esteve no estrangeiro, não é?" "Não." "Bom, eu sempre digo às minhas meninas que é melhor, primeiramente, desconfiar das pessoas do que confiar nelas, e é mais seguro suspeitar que têm más intenções do que boas... Pode soar um pouco duro, mas temos que ser mulheres do mundo, não é?"

A cabine das mulheres foi agradável. A comissária foi muito gentil, trocou seu dinheiro e cobriu seus pés. Ela deitou-se em um dos lugares enfeitados com raminhos cor-de-rosa e observava as outras passageiras, simpáticas e descontraídas, pendurando seus chapéus nos encostos de cabeça, tirando suas botas e saias, abrindo maletas e arrumando misteriosos embrulhos de papel, prendendo seus cabelos em véus antes de se deitarem. "Tut, tut, tut", ecoava o motor do barco a vapor. A comissária puxou um anteparo verde para cobrir a luz e sentou-se ao lado do aquecedor com a saia dobrada sobre os joelhos e uma longa malha de tricô no colo. Em uma prateleira acima da cabeça, tinha uma garrafa d'água com um punhado de flores.

"Eu adoro viajar", pensou a jovem governanta. Ela sorriu e rendeu-se ao balançar acolhedor. Mas, quando o barco parou e ela subiu até o deque, com a maleta de roupas em uma mão e o cobertor e o guarda-chuva na outra, um vento frio e inesperado soprou sob seu chapéu. Ela olhou para os mastros e vergas do barco preto contra o luminoso céu esverdeado e depois para o atracadouro escuro repleto de figuras encasacadas recostadas, esperando. Ela seguiu em frente com a multidão sonolenta, todos sabendo para onde iam e o que fariam, exceto ela, e sentiu medo – só um pouco. O suficiente para desejar... ah, para desejar que fosse dia e que uma daquelas mulheres que havia sorrido para ela diante do espelho, quando estavam arrumando os cabelos no compartimento de mulheres, estivesse ao lado dela agora.

"Passagens, por favor. Mostrem suas passagens. Fiquem com as passagens à mão." Ela desceu a prancha de desembarque equilibrando-se nos saltos com cuidado. Então um homem com um quepe preto avançou e a tocou no braço.

"Onde vai, senhorita?" Ele falava inglês – devia ser um guarda ou chefe da estação para usar um quepe como aquele. Ela mal tivera tempo de responder e ele agarrou sua maleta. "Por aqui", gritou ele, com uma voz rude e determinada, abrindo caminho entre as pessoas às cotoveladas.

"Mas eu não quero um carregador. Que homem horrível! Eu não quero um carregador. Quero carregar minha maleta eu mesma." Ela teve que correr para alcançá-lo, e sua raiva, muito mais forte que ela, correu na frente dela e arrancou a maleta da mão do miserável. Ele não prestou a mínima atenção nela, atravessou a longa e escura plataforma e cruzou a linha do trem.

"É um ladrão." Teve certeza de que ele era um ladrão assim que pisou entre os trilhos prateados e sentiu seus pés afundarem nas cinzas. Do outro lado – ah, graças a Deus! – havia um trem em que estava escrito Munique. O homem parou ao lado dos imensos vagões iluminados.

"Segunda classe?", perguntou a voz insolente.

"Sim, no vagão das mulheres." Ela estava sem fôlego. Abriu sua bolsinha para procurar o mínimo possível para dar a esse homem horrível enquanto ele jogava sua maleta no bagageiro vazio de um vagão com o aviso *'Dames Seules'*[44], colado à janela. Ela entrou no trem e deu-lhe vinte centavos.

"O que é isso?", gritou o homem, olhando para o dinheiro e depois para ela, segurando a moeda à altura do nariz, cheirando-a como se nunca tivesse visto na vida, muito menos segurado, uma quantia daquelas.

"É um franco. Você sabe, não sabe? Um franco. Essa é a minha tarifa!" Um franco! Ele acreditava que ela ia dar-lhe um franco por ter tentado enganá-la com um truque daquele só porque ela era uma garota e estava viajando sozinha à noite? Nunca, nunca! Ela apertou a bolsa na sua mão e simplesmente o ignorou – ficou olhando para um quadro de Saint Malo[45] na parede oposta e simplesmente o ignorou.

"Ah, não. Ah, não. Quatro tostões. Você está enganada. Aqui, pegue de volta. É um franco que eu quero." Ele pulou no degrau do trem e jogou o dinheiro no colo dela.

Aterrorizada, tremendo, ela se encolheu todinha,

---

44 "Damas desacompanhadas", em francês. (N. do T.)
45 Cidade litorânea situada no noroeste da França. (N. do T.)

todinha e estendeu sua mão gélida para pegar o dinheiro – e guardou-o na mão.

"É tudo que você vai ter", disse. Por um minuto ou dois, ela sentiu o olhar cortante dele penetrando-a toda, enquanto balançava a cabeça devagar, comprimindo os lábios.

"Muito bem. *Trrrès bien*[46]." Ele deu de ombros e desapareceu na escuridão. Ah, que alívio! Que horror tinha sido aquilo! Assim que se levantou para verificar se sua maleta estava segura, ela viu seu reflexo no espelho, muito pálida, com os olhos arregalados. Ela desamarrou seu lenço de viagem da cabeça e desabotoou a capa verde.

"Já está tudo acabado", disse ela para o rosto no espelho, sentindo de certa forma que ele estava mais amedrontado que ela.

As pessoas começaram a se aglomerar na plataforma. Reuniam-se em pequenos grupos, conversando; a estranha luz que vinha das lâmpadas da estação pintava seus rostos com um tom esverdeado. Um menino de vermelho trombou com um carrinho enorme de chá e lá ficou, apoiado nele, assobiando e batendo nas botas com um guardanapo. Uma mulher com um avental preto de alpaca empurrava um carrinho com travesseiros para alugar. Parecia sonhadora e distraída, tal como uma mulher empurrando um carrinho de bebê com a criança dormindo dentro – para um lado e

---

46 *"Très bien"*, com apenas uma letra r, significa "muito bem", em francês. (N. do T.)

para o outro, para um lado e para o outro. Espirais de fumaça surgiam de algum lugar e flutuavam até o teto como videiras de vapor. "Como é tudo tão estranho", pensou a jovem governanta, "ainda mais no meio da noite." Ela observava tudo do seu cantinho seguro, já sem medo e com orgulho de não ter dado aquele franco. "Eu posso tomar conta de mim mesma – claro que posso. O melhor é não..." De repente, surgiu um estrondo de passos e vozes altas de homens, entrecortadas por gargalhadas. Vinham na direção dela. A jovem governanta encolheu-se no seu cantinho enquanto quatro homens com chapéus coco passaram por ela, olhando através da porta e da janela. Um deles, rindo de alguma piada, apontou para o aviso *'Dames Seules'*, e os quatro se abaixaram para ver melhor a garotinha no canto. Ó, Deus, eles estavam no vagão ao lado.

Ela os ouviu batendo os pés e depois um silêncio momentâneo; então, um sujeito magro e alto com um bigode preto minúsculo apareceu à sua porta.

"Se a senhorita quiser vir conosco", disse ele, em francês. Ela viu os outros se amontoando atrás dele, espiando por baixo do seu braço e sobre o ombro, e sentou-se muito reta e imóvel. "Se a senhorita nos der a honra", ironizou o homem alto. Um deles não conseguiu mais ficar quieto; sua gargalhada ecoou como um grande estampido. "A senhorita é séria", insistiu o jovem, sorrindo e curvando-se.

Ele tirou seu chapéu com uma reverência e deixou-a sozinha novamente.

KATHERINE MANSFIELD

"*En voiture. En voi-ture!*[47]." Alguém corria para cima e para baixo ao lado do trem. "Eu queria que não fosse de noite. Eu queria que houvesse outra mulher no vagão. Tenho medo dos homens no carro ao lado." A jovem governanta olhou para fora e viu o carregador voltando novamente – o mesmo homem vindo na direção do seu vagão com os braços repletos de coisas. Mas – mas o que ele estava fazendo? Ele enfiou a unha do polegar embaixo do aviso '*Dames Seules*', arrancando-o, e a olhou fixamente enquanto um velho senhor com uma capa xadrez subia o degrau. "Mas esse é um vagão só para mulheres." "Ah, não, senhorita, você se confundiu." "Não, não, eu lhe asseguro." "*Merci, Monsieur*[48]." "*En voi-turre!*" Um apito estridente. O carregador saiu triunfante e o trem começou a andar. Por um momento, grossas lágrimas encheram seus olhos e, através delas, ela viu o velho homem retirar seu cachecol do pescoço e desabotoar os botões de sua típica boina alemã. Ele parecia muito velho. Teria noventa anos, no mínimo. Tinha um bigode branco, pequenos olhos azuis emoldurados por óculos grandes com armação dourada e enrugadas bochechas rosadas. Um rosto bonito – e uma forma encantadora de se inclinar e dizer em um francês hesitante:

"Eu a perturbo, senhorita? Preferiria que eu tirasse minhas coisas do bagageiro e encontrasse outro vagão?"

---

47 Literalmente "no carro", em francês. (N. do T.)
48 "Obrigado, senhor", em francês. (N. do T.)

O quê? Aquele pobre senhor teria que mover todas aquelas coisas pesadas só porque ela...

"Não, está tudo certo. O senhor não me perturba de modo nenhum."

"Ah, muitíssimo obrigado." Ele sentou-se diante dela, desabotoou a capa do casaco e a tirou dos ombros.

O trem parecia feliz de ter saído da estação. Com um grande salto, adentrou a escuridão. Ela esfregou a janela com sua luva, mas não conseguiu ver nada – apenas uma árvore estendida como um leque preto, ou luzes espalhadas ou o contorno de uma colina, solene e grandioso. No vagão ao lado, os rapazes começaram a cantar: "*Un, deux, trois*[49]". Cantaram a mesma música de novo e de novo, o mais alto que conseguiam.

"Eu nunca teria tido a coragem de dormir se estivesse sozinha", deduziu ela. "Não teria conseguido colocar meus pés para cima ou sequer tirado meu chapéu." A cantoria fez seu estômago estremecer e, abraçando-se para parar, com os braços cruzados sob a capa, ela sentiu-se realmente feliz em ter o velhote com ela no vagão. Tomando cuidado para que ele não percebesse, deu uma olhadela nele através de seus longos cílios. Ele sentava-se com o corpo muito reto, o peito estufado, o queixo encaixado e os joelhos juntos, lendo um jornal alemão. Era por isso que falava um francês

---

49 "Um, dois, três", em francês. (N. do T.)

tão engraçado. Era alemão. Deve ter sido do exército – um coronel ou general – no passado, claro, não agora; era velho demais para isso agora. Como era bem-cuidado para um velho de sua idade! Usava um prendedor de pérola em sua gravata preta e um anel com uma pedra vermelho-escura no seu dedo mínimo; a ponta de um lencinho branco de seda aparecia no bolso do seu casaco de lapela dupla. No geral, de alguma forma, sua figura era muito agradável aos olhos. A maioria dos velhos era tão horrenda. Ela não suportava aqueles com tremedeiras – ou quando tinham acessos de tosse ou algo do gênero. Ele não tinha barba – o que fazia toda a diferença –, suas bochechas eram tão rosadas e seu bigode tão branco. Ele abaixou o jornal alemão e se inclinou com a mesma mesura encantadora:

"Você fala alemão, senhorita?"

"*Ja, ein wenig, mehr als Französisch*[50]", disse a jovem governanta, com um tom rosa-escuro se espalhando por suas bochechas, fazendo seus olhos azuis parecer quase negros.

"Ah, sim?" O velho inclinou-se novamente. "Então talvez queira dar uma olhada nos jornais ilustrados." E retirou o elástico de uma resma que tinha ao lado, entregando-lhe os jornais.

"Muito obrigada." Ela adorava olhar as ilustrações, mas antes tiraria seu chapéu e as luvas. Para isso, levantou-se,

---

50 "Sim, um pouco, mais que francês", em alemão. (N. do T.)

retirou o alfinete marrom e colocou-o arrumadinho no bagageiro ao lado da sua maleta, tirou as pequenas luvas marrons, enrolou-as e escondeu-as dentro do chapéu para maior segurança e então sentou-se, mais confortável agora, com os pés cruzados e os jornais no colo. O velho a observava com um olhar gentil enquanto ela virava as grandes páginas brancas com a mão desnuda e movia os lábios como se pronunciasse as palavras grandes para si mesma; fixou o olhar em seus cabelos alaranjados sob a luz. Coitada! Que trágico para uma jovem governanta ter cabelos que lembram tangerinas e calêndulas, damascos, gatos cor-de-canela e champanhe! Talvez ele estivesse pensando nisso ao olhar tanto para ela, e pensava também que nem mesmo aquelas roupas pretas horrorosas escondiam sua graciosa beleza. Talvez a vermelhidão que inundou as bochechas e lábios dele fosse raiva por alguém tão jovem e delicada ter que viajar sozinha e desprotegida durante a noite. Quem sabe ele não estava sussurrando do seu jeito alemão: *"Ja, es ist eine Tragœdie*[51]! Quem dera eu fosse o avozinho desta criança"!

"Muito obrigada. Muito encantadores os jornais". Ela sorriu alegremente, devolvendo-os para ele.

"Você fala alemão muito bem", disse o velho. "Já esteve na Alemanha antes, claro.

---

51 – Sim, é uma tragédia! –, em alemão. (N. do T.)

"Ah, não, esta é a primeira vez", pausou por um instante e depois "esta é a primeira vez que vou para outro país."

"Mesmo? Estou surpreso. Você me pareceu, se me permite, tão acostumada a viajar."

"Ah, bem – eu já viajei bastante dentro da Inglaterra e fui até a Escócia uma vez.

"Bem, eu fui para a Inglaterra uma vez, mas não pude aprender inglês." Ele levantou uma mão e balançou a cabeça, rindo. "Não, foi difícil demais para mim... 'Como vai você? Por favor, qual a caminho para o Praça Laicestér?'"

Ela riu também.

"Estrangeiros sempre dizem..." Tiveram uma longa conversa sobre o assunto.

"Mas você vai gostar de Munique", disse ele. "Munique é uma cidade maravilhosa. Museus, pinturas, galerias, grandes edifícios e lojas, concertos, teatros, restaurantes – há de tudo em Munique. Viajei pela Europa várias, várias vezes na minha vida, mas sempre acabo voltando para Munique. Você vai se divertir muito lá.

"Não vou ficar em Munique", disse a jovem governanta, e acrescentou timidamente: "Vou tomar o posto de governanta da família de um médico em Augsburg.

"Ah, então é isso." Ele conhecia Augsburg. Bem, Augsburg não era bonita. Uma autêntica cidadezinha industrial. Mas, sendo a Alemanha um lugar novo para ela, ele esperava que ela achasse algo interessante por lá também.

"Tenho certeza que sim."

"Mas que pena não conhecer Munique antes de partir. Você deveria tirar uns dias de folga primeiro", sorriu ele, "e colecionar algumas lembranças agradáveis."

"Temo que não será possível", disse a jovem governanta, balançando a cabeça, subitamente séria e solene. "Além disso, quando se está sozinha..."

Ele compreendeu. Inclinou-se, igualmente sério. Ficaram em silêncio depois disso. O trem deslizava, lançando seu corpo negro e flamejante através das colinas e vales. O vagão estava quente. Ela parecia se debruçar na escuridão e ser carregada longe, longe. Pequenos sons ecoavam; passos no corredor, portas abrindo e fechando; um sussurrar de vozes, assobios... Então a janela foi perfurada por longas agulhas de chuva... Mas isso não importava... Era lá fora... E ela tinha seu guarda-chuva consigo... Sua boca se fechou, ela suspirou, abriu e fechou as mãos uma vez e adormeceu.

"*Pardon*[52]! *Pardon*!" O deslizar da porta do vagão a despertou subitamente. O que tinha acontecido? Alguém tinha entrado e saído novamente. O velho estava sentado no seu canto fazendo uma cara feia, mais ereto que nunca, suas mãos nos bolsos do casaco. "Rá! Rá! Rá!", veio do vagão ao lado. Ainda sonolenta, ela tocou os cabelos para ter certeza de que não estava sonhando.

---

52 "Perdão" ou, neste caso, "com licença", em francês. (N. do T.)

"Desgraçados!", murmurou o velho homem mais para si que para ela. "Sujeitos vulgares! Temo que eles a perturbaram, agradável senhorita, entrando aqui dessa forma." Não, na verdade não. Ela já estava para acordar e deu uma olhada no relógio prateado para ver as horas. Quatro e meia. Uma luz azul fria envolvia as janelas. Agora, quando ela as esfregava, podia ver canteiros verdes brilhantes, um punhado de casas brancas como cogumelos, uma estrada que parecia uma foto, com álamos em ambos os lados e um córrego. Que bonito! Tão bonito e tão diferente! Até mesma aquelas nuvens rosadas no céu pareciam estrangeiras. Fazia frio, mas, fingindo que o frio era mais forte, ela esfregou as mãos uma na outra, tremeu e puxou o colarinho do casaco; estava tão feliz.

O trem começou a diminuir de velocidade. O motor soltou um apito estridente. Estavam chegando a uma cidade. Casas mais altas, rosas e amarelas deslizavam pela janela, adormecidas atrás de suas pálpebras verdes e protegidas pelos álamos que tremulavam no ar azul, como se andassem na ponta dos pés, ouvindo. Em uma casa, uma mulher abriu as venezianas, pendurou uma colcha branca e vermelha no peitoril da janela e ficou observando o trem. Uma mulher pálida com cabelos pretos e um xale branco de lã sobre os ombros. Mais mulheres apareceram às portas e janelas das casas adormecidas. Lá longe surgiu um rebanho de ovelhas. O pastor vestia uma blusa azul e sapatos pontudos de madeira. Olhe! Olhe para aquelas flores – perto da estação também está cheio! Rosas do tipo que se vê nos buquês das noivas, gerânios brancos e também outros gerânios cor-de-rosa pequeninos que ela nunca tinha visto fora de estufas na Inglaterra. Mais devagar, mais devagar. Um homem com um regador molhava a plataforma. "A-a-a-ah!" Alguém passou gritando e balançando os braços. Uma mulher gorda imensa sacolejava rumo à porta de vidro da estação com uma travessa de morangos. Ah, como estava com sede! Ela tinha tanta sede! "A-a-a-ah!" A mesma pessoa passou correndo de volta. O trem parou.

O velho colocou o casaco sobre os ombros e levantou-se, sorrindo para ela. Ele murmurou algo que ela não conseguiu entender, mas sorriu de volta enquanto ele saía do vagão. Depois que ele saiu, a jovem governanta olhou-se novamente no espelho e se arrumou do jeito prático que tem toda garota madura o bastante para viajar sozinha sem ninguém para assegurá-la de que está tudo certo nas costas também. Que sede, que sede! O ar cheirava a água. Ela abaixou a janela e a mulher gorda com os morangos passou como que de propósito, levantando a travessa para ela.

"*Nein, danke*[53]", disse a jovem governanta, olhando para as frutas grandes com as folhas brilhando.

"*Wie viel*[54]"?, perguntou para a mulher gorda quando se afastava.

53 "Não, obrigado", em alemão. (N. do T.)
54 "Quanto é?", em alemão. (N. do T.)

KATHERINE MANSFIELD

145

"Dois marcos e cinquenta, senhorita."

"Meu Deus!" Ela afastou-se da janela e voltou ao seu canto, atordoada por um momento. Meia coroa[55]! "R-u--u-u-i-i-i-i-i!", apitou o trem, preparando-se para partir novamente. Ela esperava que o velho senhor não ficasse para trás. Ah, era de dia! Tudo estaria maravilhoso se ela não tivesse tanta sede. Onde estava o velho? Ah, aqui estava ele. Ela sorriu-lhe como a um velho amigo quando ele fechou a porta e, virando-se, tirou do chapéu uma cesta de morangos.

"Se a senhorita me der a honra de aceitar esses...

"O que, para mim?" Então ela se afastou e levantou as mãos como se ele estivesse prestes a colocar um gato selvagem no seu colo.

"Certamente, para você", disse o velho. "Já faz vinte anos que não tenho coragem de comer morangos."

"Ah, muito obrigada. *Danke bestens*[56]", ela gaguejou, "*sie sind so sehr schön*[57]!"

"Coma-os e experimente", disse o velho soando amigável e satisfeito.

"O senhor não vai comer nenhum?"

"Não, não, não."

Timidamente e de forma encantadora, sua mão pairou indecisa sobre os morangos. Eles eram tão grandes e suculen-

---

55   A coroa foi uma unidade monetária em uso na Inglaterra de 1707 a 1965, equivalente a cinco xelins. (N. do T.)

56   "Muitíssimo obrigado", em alemão. (N. do T.)

57   "Eles estão tão bonitos", em alemão. (N. do T.)

tos que ela teve que dar duas mordidas em cada um – o suco escorrendo pelos seus dedos – e foi enquanto ela comia os morangos que pensou pela primeira vez no velho como um avô. Que avô perfeito ele seria! Como saído de um romance!

O sol saiu, as nuvens rosadas no céu, as nuvens de morango sendo comidas pelo azul.

"Estão bons?", perguntou o velho. "Tão bons quanto parecem?"

Quando acabou de comê-los, sentiu como se o conhecesse há anos. Contou-lhe sobre *Frau* Arnholdt e como ela tinha conseguido a vaga. Ele conhecia o Hotel Grunewald? *Frau* Arnholdt chegaria somente no fim da tarde. Ele ouviu, ouviu até saber tanto do posto quanto ela, e então disse, sem olhar para ela, mas esfregando as palmas das luvas de veludo marrom dele uma contra a outra:

"Gostaria de saber se você me deixaria mostrar-lhe um pouco de Munique hoje. Nada de mais – talvez uma galeria de arte e o Englischer Garten[58]. É uma pena você ter que passar o dia inteiro no hotel e também um pouco desconfortável... em um lugar estranho. *Nicht wahr*[59]? Você estaria de volta no começo da tarde ou quando quiser, claro, e daria a um velho grande prazer.

Somente muito depois de ter dito sim é que ela se

....

58 Parque público no centro da cidade de Munique (N. do T.)
59 "Não é?", em alemão. (N. do T.)

perguntou se havia cometido um erro ao aceitar, já que ele começou a lhe agradecer e contar sobre suas viagens na Turquia e sobre óleo de rosas quase que imediatamente. Afinal, ela não o conhecia de verdade. Mas ele era tão velho e tinha sido tão gentil – sem falar nos morangos... E ela não teria como justificar ter dito "não". Além disso, aquele era seu último dia, de certa forma, seu último dia para desfrutar a vida. "Fiz mal? Será?" Um raio de sol caiu em suas mãos e ficou ali, quente e trêmulo.

"Se eu puder acompanhá-la até o hotel", ele sugeriu, "e chamá-la novamente por volta das dez horas..." Ele retirou sua carteira e entregou-lhe um cartão. "*Herr*[60] Regierungs-rat..." Ele tinha um título! Bom, tudo caminhava para não haver problemas! Depois disso, a jovem governanta cedeu à excitação de estar no exterior, procurando e lendo as placas estrangeiras, ouvindo sobre os lugares pelos quais passavam – tendo sua atenção e diversão cuidadas pelo encantador vovô – até chegarem a Munique e à *Hauptbahnhof*[61].

"Carregador! Carregador!" Ele encontrou um carregador para ela, encarregou-se da própria bagagem rapidamente, conduziu-a para fora da estação através da caótica multidão, até o calçamento branco e limpo da rua que levava ao seu hotel. Explicou quem ela era para o gerente, como

---

60 *Herr* também pode ser traduzido como "lorde", por se tratar de um antigo título de nobreza alemão. Hoje em dia, é o honorífico comum utilizado para homens – simplesmente "senhor". (N. do T.)

61 "Estação Central", em alemão. (N. do T.)

se tudo já estivesse combinado e, então, por um momento, sua pequenina mão se perdeu nas grandes luvas de veludo marrom dele.

"Vou chamá-la às dez horas." E partiu.

"Por aqui, *Fräulein*[62]", disse um mensageiro, que vinha se esgueirando atrás das costas do gerente, todo olhos e ouvidos para o estranho casal. Ela o seguiu por dois lances de escada até uma cama escura. Ela colocou sua maleta no chão e abriu as persianas barulhentas e empoeiradas. Ai! Que quarto frio e feio – que mobília enorme! Imagine passar o dia inteiro aqui! Esse é o quarto que *Frau* Arnholdt reservou? perguntou a jovem governanta. O mensageiro tinha um jeito curioso de olhá-la como se houvesse algo engraçado nela. Ele apertou os lábios como se fosse assobiar, e então mudou de ideia.

"*Gewiss*[63]", disse.

Bom, por que ele não ia embora? Por que continuava encarando-a?

"*Gehen sie*[64]", disse a jovem governanta, com uma frieza tipicamente inglesa. Os minúsculos olhos dele, como gro-

---

62 "Senhorita", em alemão. (N. do T.)

63 "Certamente", em alemão. (N. do T.)

64 Literalmente, "Vá!", em alemão. Na frase, pode ser traduzido como "Pode ir!". (N. do T.)

selhas, quase saltaram para fora de suas bochechas gordas. "*Gehen sie sofort*[65]", ela repetiu, gélida. À porta, ele se virou:

"E o cavalheiro, disse, "devo conduzi-lo até aqui quando vier?"

Sobre as ruas brancas, grandes nuvens brancas com bordas prateadas – e luz do sol por toda parte. Cocheiros imensos, imensos conduzindo carruagens imensas; mulheres engraçadas com chapeuzinhos redondos limpando as linhas do bonde; pessoas rindo e se trombando; árvores em ambos os lados das ruas e por todo lado que se olhava; fontes enormes; barulho de risadas vindo das calçadas, do meio das ruas ou das janelas abertas. E ao lado dela, com os cabelos mais bonitos ainda, o guarda-chuva fechado em uma mão e luvas amarelas no lugar das marrons, seu avô lhe perguntava como tinha sido o dia. Ela queria correr, queria pendurar-se no braço dele, queria chorar a todo instante. "Ah, estou tão assustadoramente feliz!" Ele a conduzia pelas ruas, esperava enquanto ela olhava, seus olhos gentis irradiavam alegria na direção dela, e disse "o que você desejar". Ela comeu duas salsichas alemãs e dois pãezinhos frescos às onze da manhã e tomou um pouco de cerveja – que ele disse não ser intoxicante como a cerveja inglesa – em um copo que parecia um vaso de flores. E então tomaram um táxi e ela deve ter visto milhares e milhares de quadros em cerca de quinze minutos! "Devo refletir sobre eles quando estiver sozinha..." Quando

---

65   "Saia imediatamente!", em alemão. (N. do T.)

saíram da galeria, chovia. O avô abriu seu guarda-chuva e segurou-o sobre a jovem governanta. Começaram a caminhar até o restaurante para o almoço. Ela, muito próxima a ele para que ele se abrigasse no guarda-chuva também. "É mais fácil", salientou ele de forma displicente, "se você tomar o meu braço, *Fräulein*. Além disso, é o costume na Alemanha." Então ela tomou seu braço e caminhou ao seu lado enquanto ele apontava para as estátuas famosas, tão interessada que ela simplesmente esqueceu de abaixar o guarda-chuva quando não mais chovia.

Depois do almoço, foram para um café ouvir uma banda cigana, mas ela não gostou nem um pouco. Ai! Uns homens horríveis com cabeças ovais e cortes na cara, então ela virou sua cadeira e cobriu o rosto ardente com as mãos, preferindo olhar para seu velho amigo... Então foram ao *Englischer Garten*.

"Gostaria de saber que horas são", indagou a jovem governanta. "Meu relógio parou. Esqueci de dar-lhe corda no trem ontem à noite. Vimos tanta coisa que sinto que já deve ser tarde, tarde!"

Ele parou diante dela rindo e balançando a cabeça de um jeito que ela já reconhecia.

"Então você não se divertiu. Tarde! Ora, ainda não tomamos sorvete!"

"Ah, mas claro que me diverti", ela gritou, chateada, "mais do que posso expressar. Tem sido maravilhoso! Mas

Frau Arnholdt deve chegar ao hotel às seis e eu tenho que estar lá até as cinco."

"Assim será. Depois do sorvete, a colocarei em um táxi e você pode voltar com tempo de sobra."

Ficou feliz novamente. O sorvete de chocolate derretia – derretia em gotinhas que escorriam longamente. As sombras das árvores dançavam nas toalhas das mesas e ela sentou-se de costas para o grande relógio que indicava vinte e cinco minutos para as sete.

"Realmente, de verdade", disse a jovem governanta com sinceridade, "esse foi o dia mais feliz da minha vida. Nunca sequer tinha imaginado um dia assim." Apesar do sorvete gelado, seu coração agradecido ardia de afeição pelo avô de contos de fadas.

Saíram do jardim a pé através de uma longa passagem. O dia estava acabando.

"Está vendo aqueles grandes prédios do outro lado?", perguntou o velho. "No terceiro andar – é lá que eu vivo. Junto com a velha criada que cuida de mim." Ela ouvia interessada. "Agora, antes que eu lhe encontre um táxi, você viria comigo até meu pequeno 'lar' e me deixaria presentear-lhe com um frasco do óleo de rosas que mencionei no trem? Para lembrar-se de mim?" Ela adoraria.

"Eu nunca entrei no apartamento de um homem solteiro na minha vida", a jovem governanta riu.

O corredor estava escuro.

"Ah, provavelmente a velha criada saiu para comprar uma galinha. Um momento." Ele abriu a porta e afastou-se para deixá-la entrar, um pouco tímida mas curiosa, em uma sala estranha. Ela não sabia o que dizer. Não era bonita. De certa forma, era bastante feia – mas arrumada e, ela presumiu, confortável para um homem tão velho. "Bom, o que acha?" Ele ajoelhou-se e tirou de um armário uma bandeja redonda com duas taças e uma grande garrafa cor-de-rosa. "Há dois quartos à frente", disse alegremente, "e uma cozinha. O suficiente, não?" "Ah, mais que suficiente." "Se algum dia você estiver em Munique e quiser ficar um dia ou dois... bem, aqui sempre haverá um ninho, uma asa de frango, uma salada e um velho encantado em ser seu anfitrião muitas e muitas vezes mais, minha queridinha *Fräulein*!" Ele tirou a rolha da garrafa e serviu um pouco de vinho nas duas taças cor-de-rosa. Suas mãos tremiam e despejaram vinho por toda a bandeja. O silêncio era enorme na sala. Ela disse:

"Acho que preciso ir agora.

"Mas você tomará uma taça de vinho comigo – só um pouquinho antes de partir?", perguntou o velho.

"Não, de verdade, não. Eu nunca bebo vinho. Eu – eu prometi nunca tocar em vinho ou qualquer coisa do tipo." E apesar de ele suplicar e ela sentir que estava sendo rude, especialmente quando percebeu que ele tinha ficado ofendido, ela estava determinada.

"Não, de verdade, por favor."

"Bom, pode sentar-se no sofá por cinco minutos enquanto eu brindo à sua saúde, então?"

A jovem governanta sentou-se na beirada do sofá de veludo vermelho, e ele acomodou-se ao seu lado, tomando tudo de um gole só.

"Você realmente ficou feliz hoje?", perguntou o velho, virando-se para ela, tão próximo que ela sentiu seu joelho roçando contra o dela. Antes que ela respondesse, ele segurou suas mãos. "E você vai me dar um beijinho antes de ir embora?", perguntou, puxando-a para mais perto dele.

Isso era um sonho! Não podia ser verdade! Esse definitivamente não era o mesmo velhinho. Ah, que horrível! A jovem governanta encarou-o horrorizada.

"Não, não, não!", ela gaguejou, livrando-se de suas mãos.

"Um beijinho. Um beijo. O que é isso? Só um beijo, queridinha *Fräulein*. Um beijo." Ele avançou o rosto na direção dela, um sorriso largo nos lábios; e como seus olhinhos azuis brilhavam atrás dos óculos!

"Nunca! Nunca! Como se atreve?" Ela levantou-se rápido, mas ele foi mais rápido que ela e segurou-a contra a parede, pressionando contra ela seu corpo velho e duro e seu joelho trêmulo e, apesar de ela sacudir a cabeça para todo lado, perturbada, ele a beijou na boca. Na boca! Onde ninguém, além de suas relações mais íntimas, a tinha beijado antes...

Ela desceu correndo, correndo até encontrar uma rua

com linhas de bonde e um policial parado como uma figura de relógio.

"Quero pegar um bonde para *Hauptbahnhof*", soluçou a jovem governanta.

"*Fräulein*?" Ela agitou os braços na sua frente.

"*Hauptbahnhof*. Ali – ali está o bonde." E, enquanto ele a observava estupefato, a garotinha com o chapéu torto, chorando sem um lenço, pulou para dentro do bonde – sem ver a cara feia do condutor nem ouvir a *hochwohlgebildete Dame*[66] falando dela com uma amiga escandalizada. Ela balançava para frente e para trás e gritava alto e dizia "Ah, ah!", apertando as mãos contra a boca. "Ela deve ter ido ao dentista", chiou uma velha gorda, burra demais para ser insensível. "*Na, sagen Sie 'mal*[67], que dor de dentes! A coitada não deve ter mais nenhum na boca." Enquanto isso, o trem sacolejava e zunia através de um mundo repleto de velhos com joelhos trêmulos.

Quando a jovem governanta chegou ao saguão do Hotel Grunewald, o mesmo mensageiro que a tinha acompanhado até seu quarto de manhã estava em pé junto à mesa, polindo uma bandeja de copos. Vê-la ali pareceu tomá-lo de uma inexplicável satisfação. Estava pronto para a pergunta dela; a resposta soou ensaiada e suave.

---

66 "Mulher muito educada", em alemão. Aqui, refere-se a uma aristocrata. (N. do T.)
67 "Bem, realmente", em alemão. (N. do T.)

"Sim, *Fräulein*, a senhora esteve aqui. Eu lhe disse que a senhorita havia chegado e saído de novo imediatamente com um cavalheiro. Ela me perguntou se você voltaria novamente – mas obviamente eu não saberia dizer. E então ela foi até o gerente." Ele tomou um copo da mesa, segurou-o contra a luz, observou-o com um olho fechado e começou a poli-lo com uma ponta do seu avental.

"...?"

"Perdão, *Fräulein*? Ah, não, *Fräulein*. O gerente não pôde lhe dizer nada – nada." Ele balançou a cabeça e sorriu para o copo brilhando.

"Onde está a senhora agora?", perguntou a jovem governanta, tremendo tanto que teve que pressionar o lencinho contra a boca.

"Como é que eu poderia saber?", gritou o mensageiro e, ao passar por ela para atender um novo hóspede que chegara, seu coração bateu tão forte contra suas costelas que ele quase gargalhou. "É isso! É isso!", pensou ele. "Isso vai mostrar-lhe." E ao colocar o baú do novo hóspede nas costas – upa! – como se ele fosse um gigante e o baú, uma pena, remoeu novamente as palavras da jovem governanta: "*Gehen Sie. Gehen Sie sofort*. Eu vou! Eu vou!", gritou para si mesmo.

REVELAÇÕES

Das oito da manhã até as onze e meia, Monica Tyrell ficou extremamente angustiada, tão angustiada que essas horas foram agonizantes, simplesmente. Não é como se ela conseguisse se controlar. "Talvez se eu fosse dez anos mais jovem...", ela diria. Porque, agora que ela tinha trinta e três anos, adquiriu o hábito de mencionar a idade em várias ocasiões diferentes, de olhar para seus amigos com olhos sérios e infantis e dizer: "Sim, eu me lembro como vinte anos atrás" ... Ou de chamar a atenção de Ralph para as garotas que sentavam perto deles em restaurantes – garotas de verdade –, com seus braços e pescoços adoráveis e movimentos hesitantes. "Talvez se eu fosse dez anos mais jovem..."

"Por que você não pede a Marie para sentar do lado de fora da sua porta e proibir qualquer pessoa de entrar no seu quarto até que você toque a sineta?

"Ah, se fosse tão simples assim!" Ela arremessou suas pequenas luvas e esfregou as pálpebras com os dedos daquele seu jeito único. "Antes de tudo, eu ficaria constrangida em pensar em Marie sentada ali, balançando o dedo para Rudd e a sra. Moon, feito um cruzamento de sentinela e enfermeira de malucos! Além disso, há o correio. Não há como se esquecer de que as cartas chegaram e, depois disso, quem? Quem poderia esperar até as onze para abrir as cartas?

Seus olhos brilharam; e ele a agarrou rapidamente, de leve.

"Minhas cartas, querida?"

"Talvez", ela disse lenta e suavemente e passou sua mão pelos cabelos avermelhados dele, sorrindo também, mas pensando: "Céus! Que coisa estúpida de se dizer!"

Mas hoje de manhã ela havia sido acordada por uma grande pancada na porta da frente. Bam! O apartamento todo tremeu. O que era aquilo? Ela se levantou na cama, agarrou a colcha; seu coração disparou. O que poderia ter sido aquilo? Então ela ouviu vozes no corredor. Marie bateu à porta e, ao abri-la, as persianas e cortinas voaram, encolhendo-se, agitando-se e batendo-se. O puxador da persiana espatifou-se – espatifou-se contra a janela.

"Ehh, *voilà*[68]!", gritou Marie, pousando a bandeja e correndo. "*C'est le vent, Madame. C'est un vent insupportable*[69]."

---

68 *"Voilà"*, em francês, pode ser traduzido de várias formas. No contexto, "aí está!" ou "lá vai". (N. do T.)

69 "É o vento, senhora. É um vento insuportável", em francês. (N. do T.)

Subiu as persianas; a janela foi aberta com um empurrão; uma luz branca-acinzentada preencheu o quarto. Monica deu uma olhadela no imenso céu pálido com uma única nuvem parecendo uma camisa rasgada se esgarçando antes de cobrir os olhos com sua manga.

"Marie! As cortinas! Rápido, as cortinas!" Monica caiu para trás na cama e então: "Ring-ring-tim-tim, ring-ring-tim-tim". Era o telefone. Seu sofrimento havia chegado ao limite; ela se acalmou. "Vá ver, Marie."

"É o *monsieur*. Quer saber se a senhora vai jantar no Princes' à uma e meia hoje." Sim, era o *monsieur*. Sim, ele tinha pedido que a mensagem fosse passada para ela imediatamente. Em vez de responder, Monica pousou sua xícara e perguntou a Marie na sua vozinha curiosa que horas eram. Eram nove e meia. Ela continuou deitada e quase fechou os olhos.

"Diga ao *monsieur* que não posso ir", disse gentilmente. Mas assim que a porta fechou, a raiva – a raiva subitamente chegou perto, perto, violentamente, estrangulando-a. Como ele se atrevia? Como Ralph se atrevia a fazer algo assim sabendo quão agonizante era sua angústia durante a manhã? Ela já não tinha explicado, descrito e até mesmo feito – discretamente, claro? Ela não poderia dizer algo assim de forma direta – de forma que ele compreendesse que essa era a única coisa imperdoável.

E ainda escolher essa horrível manhã de ventania. Ele achava que isso era apenas uma modinha dela, uma loucura feminina a ser caçoada e descartada? Ora, ontem à noite mesmo ela tinha dito: "Ah, você precisa me levar a sério". E ele replicou: "Minha querida, você pode não acreditar em mim, mas eu conheço você melhor que você mesma. Eu dou valor a todos os seus delicados pensamentos e sentimentos. Isso, pode rir! Eu amo a forma como seus lábios se abrem". E ele se inclinou sobre a mesa. "Eu não me importo que todos saibam que eu a adoro. Eu ficaria com você no cume de uma montanha com todos os holofotes direcionados para nós dois."

"Céus!" Monica quase apertou a própria cabeça. Era possível que ele tivesse dito isso? Como os homens são incríveis! E ela o amara – como ela podia ter amado um homem que falava assim? O que ela vinha fazendo desde aquele jantar meses atrás, quando ele a acompanhou até em casa e perguntou-lhe se podia voltar para... "ver novamente aquele demorado sorriso árabe"? Ah, que besteira – que besteira completa – e mesmo assim ela se lembrava da profunda e inédita emoção que sentira.

"Carvão! Carvão! Carvão! Ferro velho! Ferro velho! Ferro velho!", ecoava lá embaixo. Estava tudo acabado. Entendê-la? Ele nunca entendera nada. Chamar-lhe ao telefone em uma manhã de ventania era extremamente significativo. Ele entenderia isso? Ela quase podia rir. "Você me telefonou, e a pessoa que realmente me entendesse jamais teria feito isso." Era o fim. E, quando Marie falou: "*Monsieur* respondeu que estaria no saguão no caso da *madame* mudar de ideia, Monica disse: "Não, verbenas não, Marie. Cravos. Dois buquês".

Uma manhã selvagem, um vento destruidor. Monica sentou-se em frente ao espelho. Estava pálida. A criada penteou seus cabelos pretos para trás – tudo para trás – e seu rosto parecia uma máscara, com as pálpebras pontudas e os lábios vermelho-escuros. Ao olhar para si mesma no espelho sombrio azulado, ela subitamente sentiu... ah, uma excitação tão estranha e extraordinária preenchendo-a devagar, devagar, até que ela quis abrir os braços, rir, esparramar tudo, chacoalhar Marie, chorar: "Sou livre. Sou livre. Livre como o vento". E agora todo esse mundo vibrante, trêmulo, excitante e volátil era seu. Era seu reino. Não, não, ela não pertencia a ninguém, só à Vida.

"Já está bom, Marie", balbuciou. "Meu chapéu, meu casaco, minha bolsa. Agora vá me chamar um táxi." Para onde ela iria? Ah, qualquer lugar. Ela não aguentava mais esse apartamento silencioso, a sisuda Marie, esse interior fantasmagórico, parado, feminino. Ela precisava estar ao ar livre; ela queria sair rápido – para qualquer lugar, qualquer lugar.

"O táxi chegou, senhora." Quando ela abriu as grandes portas externas do prédio, o vento selvagem a agarrou e a fez flutuar pela calçada. Para onde? Ela entrou e, sorrindo radiante para o irritado e frio motorista, pediu-lhe para levá-la ao cabeleireiro. O que ela faria sem seu cabeleireiro? Sempre que Monica não tinha para onde ir ou nada para fazer ela ia para lá. Ela pediria para lhe cachearem os cabelos e, quando terminassem, já teria um plano em mente. O irritado e frio motorista guiava como um louco, e ela consentiu que fosse jogada de um lado para o outro. Desejava até que ele dirigisse cada vez mais rápido. Ah, livrar-se de estar no Princes' à uma e meia, de ser a gatinha na cesta de pelúcia, de ser a árabe, a encantadora criança séria e a pequena criatura selvagem... "Nunca mais", gritou alto, cerrando o pulso fino. Mas o táxi já tinha parado e o motorista estava em pé, segurando a porta aberta para ela.

O salão de cabeleireiros estava quente e cintilante. Cheirava a sabonete, papel queimado e óleo de goivos[70]. Lá estava a madame atrás do balcão, redonda, gorda, branca, a cabeça parecendo um aplicador de pó enrolado em uma almofada de alfinetes de cetim preto. Monica sempre tinha a impressão de que eles a amavam e a compreendiam aqui – a Monica real – muito mais que qualquer um de seus amigos. Ela era autêntica aqui, ela e a madame conversavam muito juntas – o que era bem estranho. E havia ainda George – quem arrumava seus cabelos –, o jovem, moreno e esbelto George. Ela gostava muito dele.

Mas hoje – que curioso! Madame quase não a cumprimentou. Seu rosto estava mais pálido que nunca, seus olhos de contas azuis tinham círculos de um vermelho cintilante e até mesmo os anéis nos seus dedos inchados não brilhavam. Pareciam pedaços de vidro frios, mortos. Quando

---

70   Flor típica da Europa central. *Wallflower*, no original. (N. do T.)

ela chamou George pelo telefone da parede, havia um tom na sua voz que ela não notara antes. Mas Monica não iria acreditar nisso. Não, ela se recusava. Era só sua imaginação. Ela inspirou com vontade o ar perfumado e quente e passou pela cortina de veludo para a cabine minúscula.

Seu chapéu e casaco já estavam pendurados em um gancho e, mesmo assim, George não havia chegado. Era a primeira vez que ele não estava lá para afastar a cadeira para ela, para pegar seu chapéu e pendurar sua bolsa, equilibrando-a em seus dedos como se fosse algo que ele nunca havia visto – algo mágico. E como o salão estava quieto! Madame não emitia nenhum som. Só o vento soprava, balançando a velha casa; o vento uivava, e os retratos das damas com penteados pompadour olhavam para ela e sorriam, maliciosas e dissimuladas. Monica desejou não ter vindo. Ah, que equívoco ter vindo! Fatal. Fatal. Onde estava George? Se ele não aparecesse em um instante, ela iria embora. Ela tirou o quimono branco. Não queria mais olhar-se no espelho. Quando abriu um grande pote de creme na prateleira do espelho, seus dedos tremeram. Tinha uma sensação de que algo puxava seu coração como se sua felicidade – sua maravilhosa felicidade – estivesse tentando libertar-se.

"Vou embora. Não vou ficar." Pegou o chapéu da parede. Nesse exato momento ouviu passos e, ao olhar para o espelho, viu George acenando da porta da frente. Como sorria de uma forma estranha! Era o espelho, certamente. Ela virou-se rapidamente. Os lábios dele se curvaram em um sorriso largo e – ele estava barbeado? – seu rosto parecia esverdeado.

"Mil perdões por fazê-la esperar", balbuciou, deslizando, lançando-se à frente.

Ah, não, ela não ia ficar.

"Temo que...", começou. Mas ele já tinha ligado o gás, espalhado as pinças e segurava o quimono aberto.

"É uma ventania e tanto', disse ele. Monica cedeu. Ela sentiu o cheiro dos seus dedos jovens e suaves quando ele abotoou a capa sob o queixo dela.

"Sim, está uma ventania", disse ela, afundando na poltrona. E o silêncio surgiu. George tirou-lhe os grampos do jeito profissional dele. Seus cabelos caíram para trás, mas ele não os segurou como costumava fazer, como se quisesse sentir sua finura, peso, maciez. Ele não disse que estavam numa condição excepcional. Deixou-os cair, tirou uma escova da gaveta, tossiu levemente, limpou a garganta e disse entediado:

"Sim, o vento está bem forte, pode-se dizer que sim."

Ela ficou sem resposta. A escova caía sobre seus cabelos. Ah, ah, que lástima, que lástima! A escova caía rápida e levemente, como folhas; depois pesada, em puxões, como os puxões que seu coração estava levando.

"Já chega", gritou ela, sacudindo a cabeça para se soltar.

"Fiz muito forte?", perguntou George. Ele se abaixou para pegar as pinças. "Perdão." Ela sentiu o cheiro de papel queimado – o cheiro que ela adorava – e ele girou as pinças quentes na mão, olhando para trás. "Não ficaria surpreso se chovesse." Ela olhou para ele; ela se viu olhando para ele no quimono branco, como uma freira.

"Algum problema? Alguma coisa aconteceu?"

George deu de ombros e fez uma careta. "Ah, não, madame. Não foi nada." E voltou a pegar uma mecha de cabelo. Mas, ah, ela não estava enganada. Era isso. Algo terrível tinha acontecido. O silêncio – realmente, o silêncio parecia cair como flocos de neve. Ela estremeceu. Fazia frio na pequena cabine; ela toda, fria e cintilante. As torneiras de níquel e os jatos e os sprays pareciam, de certa forma, quase ameaçadores. O vento balançava a janela; uma peça de ferro batia em algum lugar, e o jovem rapaz continuava trocando as pinças, abaixado sobre ela. Ah, como a vida era aterrorizante, pensou Monica. Que amedrontador. E a solidão é tão estarrecedora. Nós rodopiamos como folhas, e ninguém sabe – ninguém se importa se nós cairmos ou em que rio negro flutuarmos. Os puxões pareciam ter subido para a garganta. Doía, doía; ela queria chorar. "Já está bom", ela sussurrou. "Dê-me os grampos." Enquanto ele esperava ao lado dela, tão submisso, tão quieto, ela quase soltou os braços e começou a chorar. Ela não aguentava mais. Como um boneco de madeira, o jovem e feliz George ainda deslizou, lançou-se, passou-lhe o chapéu e o véu, pegou a nota e trouxe o troco de volta. Ela enfiou-o na bolsa. Para onde ela iria agora?

George pegou uma escova.

"Tem um pouco de pó no seu casaco", murmurou. Tirou o pó com a escova. Subitamente levantou-se e, olhando para Monica, balançou a escova de um jeito estranho e disse: "A verdade é, madame, já que a senhora é um cliente antiga, minha filhinha morreu esta manhã. Minha primeira filha" – e então seu rosto contorceu-se como papel e ele virou-se de costas para ela, escovando o quimono de algodão. "Ó, ó", Monica começou a chorar. Ela saiu correndo do salão e entrou no táxi.

O motorista, furioso, girou-se no banco e bateu a porta. "Para onde?"

"Para o Princes", soluçou ela. E durante todo o percurso ela não pôde ver nada além de uma bonequinha de cera com um chumaço de cabelos dourados, deitada quietinha, com as minúsculas mãos e pés cruzados. E, pouco antes de chegar ao Princes', ela viu uma floricultura cheia de flores brancas. Ah, que pensamento perfeito. Lírios do campo, amores-perfeitos brancos, violetas brancas com uma faixa de cetim branco... De uma amiga desconhecida... De alguém que compreende... Para uma garotinha... Ela bateu na divisória, mas o motorista não ouviu; e, de qualquer forma, já tinham chegado no Princes'.

A FUGA

Era dele, completa e exclusivamente dele, a culpa por terem perdido o trem. Por que a estúpida equipe do hotel se recusou a fechar a conta? Não foi simplesmente porque ele não tinha insistido com o encarregado à hora do almoço que eles precisavam sair até as duas da tarde? Qualquer outra pessoa teria sentado e se negado a sair enquanto não lhe dessem a conta. Mas não! Sua crença impecável na natureza humana lhe permitiu levantar-se e esperar que um daqueles idiotas a levasse até o quarto deles... E então, quando o carro chegou, enquanto eles ainda esperavam (ó, céus!) pelo troco, por que ele não viu a arrumação dos baús para que pudessem, pelo menos, partir no momento em que o dinheiro chegasse? Ele esperava que ela saísse e ficasse esperando debaixo do toldo no calor com sua sombrinha? Que divertida cena da vida doméstica inglesa. Mesmo quando disseram para o motorista que ele precisaria correr o mais rápido possível, ele não prestou a mínima atenção – apenas sorriu. "Ah", ela grunhiu, "se ela fosse o motorista também não teria conseguido deixar de sorrir da forma ridícula com que lhe pedira para correr." Sentou-se e imitou a voz dele: "*Allez, vite, vite*[71]" e implorou perdão ao motorista por importuná-lo.

E depois, na estação – imperdoável –, com a visão do pomposo trenzinho afastando-se com aquelas crianças horríveis acenando das janelas. "Ah, por que eu tenho que suportar todas essas coisas? Por que vivo me expondo a elas?..." A luz ofuscante e as moscas enquanto esperavam, e ele e o chefe da estação quebrando a cabeça sobre os horários dos trens para tentar encontrar o próximo, que, com certeza, eles não pegariam. As pessoas que se aglomeravam em volta, e a mulher que segurava um bebê com aquela cabeça horrível, horrível... "Ah, importar-se como me importo, sentir-se como me sinto e nunca ser poupada de nada – nunca saber nem por um instante como era... era..."

Sua voz tinha mudado. Agora estava trêmula – agora chorava. Ela mexeu na sua bolsa e tirou um lencinho perfumado. Colocou o véu e, como se fizesse isso para outra pessoa, piedosamente, como dissesse para alguém "eu sei, meu querido", pressionou o lencinho contra os olhos.

A bolsinha, com suas brilhantes mandíbulas prateadas abertas, ficou no seu colo. Ele podia ver seu aplicador de pó, o batom, um punhado de cartas, um frasco de minúsculas pílulas pretas parecendo sementes, um cigarro amassado, um

---

71 "Vamos, rápido, rápido", em francês. (N. do T.)

espelho, blocos de papel branco com listas completamente riscadas. Ele pensou: "No Egito, ela seria enterrada com essas coisas".

Haviam deixado para trás as últimas casas, aquelas casinhas esparsas com pedaços de vasos quebrados espalhados nos canteiros de flores e galinhas depenadas ciscando nas soleiras. Agora subiam uma estrada longa e íngreme que circundava uma colina até a próxima baía. Os cavalos hesitavam, se arrastando. A cada cinco minutos, dois minutos, o cocheiro açoitava-os. As costas largas dele eram duras como madeira; tinha bolhas no pescoço avermelhado e usava um chapéu de palha novo, novo e reluzente...

Ventava um pouco, o suficiente para soprar as folhas novas das árvores frutíferas, acariciar a grama fina, amadurecer as azeitonas escuras – o suficiente para começar um redemoinho de poeira em frente à charrete, poeira que iria pousar nas roupas deles como uma cinza finíssima. Quando ela pegou seu aplicador de pó, todo o pó voou para cima deles.

"Ah, a poeira", ofegou ela, essa poeira desagradável e asquerosa. Abaixou o véu e sentou-se para trás, como se estivesse esgotada.

"Por que você não pega sua sombrinha?", ele sugeriu. Estava no banco da frente e ele inclinou-se para pegá-la e entregar-lhe. Subitamente, ela se endireitou e teve outro acesso de raiva.

"Por favor, largue minha sombrinha! Eu não quero minha sombrinha! E qualquer pessoa que não fosse extremamente insensível perceberia que estou muito, muito exausta para segurar uma sombrinha. E com um vento desses puxando-a... Largue-a agora", ela gritou, arrancou a sombrinha das mãos dele, jogou-a na capota enrolada atrás deles e, ofegante, tentou se acalmar.

Outra curva da estrada e, no fim da colina, um grupo de crianças se aproximava, gritando e rindo, garotinhas com cabelos clareados pelo sol, garotinhos com boinas de soldados desbotadas. Nas mãos, carregavam buquês com vários tipos de flores, e as ofereceram, correndo ao lado da carruagem. Flores de lilás, algumas murchas já, hortênsias brancas salpicadas de verde, um copo-de-leite e um punhado de jacintos. Elas empurravam as flores e suas carinhas para dentro da carruagem; uma delas jogou no colo da mulher um punhado de calêndulas. Pobres ratinhos! Ele colocou a mão no bolso da calça antes de ela começar: "Pelo amor de Deus, não lhes dê nada. Ah, bem típico de você! Macaquinhos horrendos! Agora vão nos seguir pelo caminho todo. Não os encoraje; não se deve encorajar mendigos; e gritou para fora da carruagem: "Bom, pelo menos faça isso quando eu não estiver aqui, por favor".

Ele viu a expressão de choque nos rostos das crianças. Pararam de correr, ficaram para trás, começaram a gritar algo e continuaram gritando até que a carruagem fizesse outra curva.

"Ah, quantas outras curvas ainda há até que cheguemos ao topo da colina? Os cavalos não chegaram a trotar nenhuma vez. Certamente não é preciso que eles andem o caminho todo."

"Devemos chegar lá em um minuto no máximo", disse ele e pegou sua cigarreira. Ela virou-se para ele. Juntou as mãos e segurou-as em frente ao peito; seus olhos escuros pareciam imensos, implorando por trás do véu; suas narinas arfaram, ela mordeu o lábio e balançou a cabeça em uma contração nervosa. Mas, quando falou, sua voz soou fraca e muito, muito calma.

"Quero pedir-lhe uma coisa. Quero implorar-lhe algo", disse. "Já lhe pedi centenas e centenas de vezes antes, mas você esqueceu. É algo tão pequeno, mas se você soubesse o que significa para mim..." Ela apertou as mãos. "Mas você não pode saber. Nenhuma criatura humana poderia saber e ser tão cruel." E então, devagar, deliberadamente, olhando para ele com aqueles olhos imensos e sombrios: "Eu suplico e imploro pela última vez para que você não fume quando estamos em uma carruagem juntos. Se você pudesse imaginar", disse, "a angústia que eu sinto quando essa fumaça vem até o meu rosto..."

"Muito bem", disse ele. "Não fumarei. Eu esqueci." E guardou a cigarreira.

"Ah, não", ela disse e quase começou a rir, apoiando as costas da mão sobre os olhos. "Você nunca teria esquecido. Não disso."

O vento soprou mais forte. Estavam no topo da colina. "Ooi-ip-ip-ip", gritou o cocheiro. Desceram a estrada

sinuosa até um pequeno vale, de onde margearam a beira-
-mar até alcançar um leve cume do outro lado. Já havia casas
novamente, as persianas azuis fechadas por causa do calor,
jardins extremamente luminosos, tapetes de gerânios sobre
as paredes rosadas. A costa era escura; na beira do mar, uma
franja branca e sedosa se movia levemente. A carruagem
chacoalhava pela colina, dava trancos, sacudia. "Ip-ip", gritou
o cocheiro. Ela agarrou a lateral do assento, fechou os olhos
e ele sabia que ela imaginava que tudo era de propósito;
todos os trancos e sacudidas, tudo era responsabilidade dele,
de alguma forma – para magoá-la porque ela tinha pedido
para irem mais rápido. Mas, assim que alcançaram o fundo
do vale, a carruagem fez um movimento abrupto. Quase
tombaram e ele viu os olhos dela fumegando para ele, e
ela definitivamente rosnou: "Aposto que está se divertindo
com tudo isso".

Continuaram. Alcançaram o fundo do vale. De repente,
ela levantou-se. "*Cocher! Cocher! Arrêtez-vous!*[72]".Virou-se e
olhou para a capota enrolada. "Eu sabia", exclamou. "Eu
sabia. Eu ouvi quando ela caiu, e você também, no último
solavanco."

"Quê? Quando?"

"Minha sombrinha. Sumiu. A sombrinha que perten-
ceu à minha mãe. A sombrinha que eu prezo mais que...

---

72 "Cocheiro! Cocheiro! Pare!", em francês. (N. do T.)

mais que..." Ela simplesmente ficou fora de si. O cocheiro virou-se, com um sorriso largo e feliz no rosto.

"Eu também ouvi algo", disse ele, alegremente. "Mas pensei que, já que *monsieur* e madame não disseram nada..."

"Viu? Ouviu isso? Então você deve ter ouvido também. Por isso o excepcional sorriso no seu rosto..."

"Veja bem", disse ele, "não pode ter sumido. Se caiu, ainda deve estar no caminho. Fique onde está e eu vou buscá-lo."

Mas ela entendeu. Ah, como entendeu! "Não, obrigada." E olhou para ele de um jeito sorridente e rancoroso, sem ligar para o cocheiro. "Irei eu mesma. Vou voltar caminhando e vou encontrá-lo, e espero que você não me siga. Porque..." Sabendo que o cocheiro não entenderia, falou baixo e delicadamente: "... se eu não fugir de você por um minuto, vou ficar louca.

E desceu da carruagem. "Minha bolsa." Ele entregou-a para ela.

— Madame prefere...

O cocheiro já tinha descido do seu assento e estava sentado no apoio da carruagem lendo um jornal. Os cavalos permaneceram com a cabeça baixa. Tudo estava parado. O homem na carruagem se espreguiçou, cruzou os braços. Sentiu o sol batendo nos joelhos. Afundou a cabeça no peito. "Ish, ish", ecoava o mar. O vento suspirou no vale e estava quieto. Ele se sentiu, parado ali, um homem oco, ressecado, murcho, como se fosse feito de cinzas. E o mar ecoava, "ish, ish".

Foi quando ele viu a árvore, quando tomou consciência da sua presença logo após o portão de um jardim. Era uma árvore imensa com um tronco prateado grosso e um grande arco de folhas acobreadas, que refletiam a luz e, mesmo assim, pareciam sombrias. Havia algo além da árvore – uma brancura, uma suavidade, uma massa opaca, quase oculta – com pilares delgados. Enquanto olhava para a árvore, sentiu sua respiração diminuir e ele tornou-se parte do silêncio. Ela parecia crescer, se expandir no calor trêmulo até as imensas folhas esculpidas cobrirem o céu, mas continuava imóvel. Então, de suas profundezas, ou além delas, veio o som de uma voz de mulher. Uma mulher cantava. A voz doce e despreocupada flutuava pelo ar e era parte do silêncio, assim como ele. Subitamente, enquanto a voz crescia, suave, etérea, gentil, ele soube que ela flutuava até ele vindo das folhas escondidas, e sua paz estilhaçou-se em mil pedaços. O que estava acontecendo com ele? Algo se movia dentro dele. Algo sombrio, algo insuportável e pavoroso apertava o seu peito e, como uma erva gigante, ele tremulava, revolvia-se... Algo quente, asfixiante. Ele lutou para rompê-lo e, no mesmo instante, tudo acabou. Ele afundou em um profundo, profundo silêncio, olhando para a árvore e esperando a voz que veio flutuando, caindo, até ele se sentir envolvido.

****

No corredor oscilante do trem. Era noite. O trem apressava-se e rugia através da escuridão. Ele segurou-se no corrimão de metal com as duas mãos. A porta do compartimento deles estava aberta.

"Não se incomode, *monsieur*. Ele entrará e ficará sentado quando quiser. Ele gosta... ele gosta – é um hábito dele. *Oui, madame, je suis un peu souffrante... Mes nerfs*[73]. Ah, mas meu marido, quando viaja, é quando fica mais feliz. Ele gosta da ausência de conforto... Meu marido... Meu marido..."

As vozes murmuravam, murmuravam. Nunca paravam. Mas sua felicidade era tão grande quando estava ali que ele desejou viver para sempre.

---

73 "Sim, senhora, estou um pouco indisposta... Meus nervos", em francês. (N. do T.)

Impressão e Acabamento
Gráfica Oceano